황희 정승도
제멋이 있지

유쾌한 낭만주의자의 맞춤 행복 찾기

황희정승도 제멋이 있지

초 판 1쇄 2024년 05월 28일

지은이 박수진
펴낸이 류종렬

펴낸곳 미다스북스
본부장 임종익
편집장 이다경, 김가영
디자인 임인영, 윤가희
책임진행 안채원, 이예나, 김요섭, 임윤정

등록 2001년 3월 21일 제2001-000040호
주소 서울시 마포구 양화로 133 서교타워 711호
전화 02) 322-7802~3
팩스 02) 6007-1845
블로그 http://blog.naver.com/midasbooks
전자주소 midasbooks@hanmail.net
페이스북 https://www.facebook.com/midasbooks425
인스타그램 https://www.instagram.com/midasbooks

ISBN 979-11-6910-661-0 03810

값 18,500원

미다스북스는 다음세대에게 필요한 지혜와 교양을 생각합니다.

흥청 정승도

제멋이 있지

유쾌한 낭만주의자의 맞춤 행복 찾기

박수진 지음

미다스북스

프롤로그

이 책은 지난여름과 겨울 사이에 인스타그램에서 '출근길 아무 말 대잔치'라는 제목으로 일간 연재한 100개의 글 중 일부로 엮었습니다.

제 글이 대책 없이 가볍고 쓸모없이 무겁다는 생각에 한참을 주저하였습니다. 하지만, 반대로 바라보니 의미 있게 가벼우며 명랑하게 무거울 수 있겠다는 생각이 들었어요. 오해와 자기합리화라는 얄팍하고 성긴 갑옷을 무쇠인 양 걸치고 여기까지와 당신 앞에 있습니다.

글을 읽으시며 주머니 속에 고이 숨겨 놓았던 당신만의 멋과 낭만을 슬그머니 꺼내보실 수 있게 된다면, 저는 더할 나위가 없겠습니다.

박수진 드림

대나무(大竹)

오이 박사는 누구든 될 수 있다

입추(立秋)

난… 슬플 때 곶감을 말려

보리차는 은하수로 끓는다

암동(효종)

5점 만점 붕어빵

대설(大雪)

나는 할머니의 찻잔 안에서 턱시도를 보았다

오이 박사는 누구든 될 수 있다

오이 박사 이야기

고등학교 3학년 때 같은 반에 오이를 싫어하는 것으로 굉장히 유명한 친구가 있었다. 전교생이 그 친구를 오이 헤이터hater로 부를 정도였다. 수능을 얼마 앞둔 어느 날, 오이 헤이터는 친구들을 모아놓고 폭탄선언을 했다.

"나, 오이 박사로 살 거야." 순간, 다들 그녀를 의아하게 쳐다봤다.

"나 평생 오이를 혐오하고 살았으니까, 지금부터는 오이 박사로 살 거야. 두고 봐."

우리는 평소 엉뚱한 소리를 즐겨하던 오이 헤이터가 오늘도 제법 창의적인 주제를 꺼낸다고 이야기하며 웃었다.

"너 오이 겁나 싫어하잖아. 무슨 말 같지도 않은 소리를 해.

그리고, 오이 박사가 뭐 하는 사람인데?"

"오이 박사는 오이에 관한 모든 것을 하는 박사야. 아 거기까지진 모르겠고 일단 나는 오이 박사가 될 거야. 생각해 보니 나 어릴 적부터 생긴 게 오이를 닮았다고 집에서도 별명이 오이였거든. 아주 절묘한 복선 아니겠니? 오늘부터 이름도 바꿀 거야. 나 이제부터 박오이야. 플리즈 콜미 오이. 큐컴버cucumber."

박오이는 수능을 보지 않았다. 유럽의 어느 시골로 오이를 배우러 간다는 말과 함께 그녀는 우리 곁에서 홀연히 사라졌다. 그곳이 프랑스라는 소문도, 스위스라는 소문도 있었고 일찍이 뉴질랜드로 워킹 홀리데이를 간 친구는 농장 어딘가에서 오이를 따는 박오이를 본 것 같다고도 했다.

5년쯤 흘렀을까. 어느 월간지에서 우리는 그녀를 발견했다. '오이의 꿈을 이루어 주고 싶어 국내 최초 오이 전문가가 된 박오이. 오이에 관한 모든 것을 해.'

"와, 이거 뭐야. 이거 완전 기만 아니야? 얘 오이 헤이터잖아! 자기가 오이의 꿈을 왜 이뤄 주냐고. 와, 진짜 이름까지 바꿨네. 소오름. 사기 견고하게 치네."

라고 말하며 쓸쓸하게 소주를 마셨다. 오이 전문가 박오이는 오이 박사로 거듭나기 위해 고군분투 중이며, 오이로 유명한 미국 어딘가로 다시 유학을 떠날 예정이라고 했다. 그때까지도 우리는 괴짜 기질이 있던 박오이가 정상 궤도로 돌아오는 데 꽤 오랜 시간이 걸리는 것 같다며, 박오이 없는 자리에서 박오이를 위로했다. 또, 그녀가 자기 자신과 다른 사람들을 속이고 있다고 이야기했다. 그렇게 박오이를 부정하며 가짜라고 믿고 싶었던 것 같다. 그리고 마음 한구석이 불안했던 것 같다.

얘 진짜 오이 박사 되는 거 아니야? 근데, 나는 왜 오이 박사가 되지 못하고 있는 거지.

각자의 삶은 나름의 방식으로 흘러 19살이었던 '오이 헤이터' 박오이는 38살의 '오이 박사'가 되어 있다. 오이 박사라는 말의 최초 창시자이며 그 능력을 인정받아 여러 매스컴에 출연하고 책도 쓰고 강의도 하고 돈도 보란 듯이 많이 번다. 이제 아무도 감히 박오이의 행보를 가짜라고 말할 수 없다. 19년 동안 오이를 싫어했던 박오이는 오이 박사가 되기로 마음을 먹고, 그다음 19년을 오이를 좋아하며 살았다. 그리고 앞으로 남은 40년 이상의 세월도 누구보다 오이를 사랑하며 살 것이다. 오이를 싫어하던 박 오이는 이제 세상에 존재하지 않고 '오이 박사 박오이'만 세상에 남아 있다.

가끔 박오이가 떠오른다. "나, 오이 박사로 살 거야!"라고 말하는 눈빛을 나는 기억한다. 그럴 때면 늘 꼬리를 무는 질문들이 따라온다. 나는 무엇이 되고 싶은가. 나는 무엇으로 남고 싶은가. 그렇다면 지금, 그렇게 살고 있는가.

이전의 내가 어떠했는가는 전혀 중요하지 않다. 그렇게 살기로 마음을 먹었으면 뒤돌아보지 않고 그렇게 사는 것, 뚜벅뚜벅 앞으로. 나로 향하는 절경은 나만이 이룰 수 있다. 물론 당연히 지금, 이 순간부터.

그리고 정말로 오이 박사는 누구든 될 수 있다.

황희 정승도 제멋이 있지

일요일마다 집 근처 시장에 뻥튀기 트럭이 온다. 원반 모양의 뻥튀기가 그물에 시원스레 발사되는 현장을 목도하는 일은 우리 가족의 소소한 기쁨이다. 일요일인 어제도 뻥튀기 발사의 순간을 맞이하러 갔는데 뻥튀기 트럭 사장님께서 멋스러운 밀리터리 무늬 바지를 입고 계셨다. 신랑에게 말했다.

"오빠, 역시 사람은 각자 자신만의 멋을 안고 살아가는 것 같아. 저 뻥튀기 사장님의 밀리터리 무늬 바지 엄청 멋지지 않아? 바로 옆에 지나가는 아저씨 슬리퍼에도 잘 보면 자기만의 멋이 묻어 있다니까? 고를 수 있는 수많은 선택지 중에 굳이 저 약간 희끄무레한 회색 계통의 삼선 슬리퍼를 고르신 걸 생각해 봐. 다 아저씨의 멋이지. 우리는 일부러 멋을 내지 않아도 스스로 멋을 늘 고르고 살고 있었던 거야! 아, 너무 낭만적이다. 지금 내가 입은 이 후드티도 결국 내가 고른 나의 멋이었던 거지. 그렇지? 맞지?"

"'멋'의 사전적 정의를 찾아보자. (이분 또 왜 이래.) 자, 봐. 멋이
란 '차림새, 행동, 됨됨이 따위가 세련되고 아름다움 혹은 고상
한 품격'이라 정의되어 있네. 어때. 여부가 생각하는 멋과 차이
가 있지 않나?"

"아니 그게 아니고, 뻥튀기 사장님이 왜 수많은 바지 중에 밀
리터리 무늬 바지를 고르셨겠어. 다 사장님의 멋이고 취향이지."

"제일 편하고 때가 안 타는 걸 고르신 거야. 실용적."

"그럼, 저 아저씨의 회색 슬리퍼는?"

"제일 편하고 바로 손에 잡히는 걸 고르신 거야. 실용적."

"아니, 봐 봐. 아인슈타인을 생각해 봐. 아인슈타인의 트레이
드 마크인 흰색 펑키한 머리. 머리를 짧게 자르실 수도, 완벽하게
기르실 수도 있는데 하! 필! 이면 딱 그 길이에서 멈추신 이유가
멋이 아니면 뭐겠어? 멋 부린 거지. 아인슈타인도."

"거추장스럽지 않을 정도로만 계속 자르는 거야. 실용적."

"부스스한 건?"

"반곱슬."

"허 참. 콧수염도 봐 봐? 이렇게 황희 정승처럼 길게 기르실 수도 완벽하게 면도하셨을 수도 있을 텐데. 요렇게 일부러 다듬으신 게 멋이 아니고 뭐겠냐고!"

"밥 먹을 때 수염에 묻지 않을 정도로 그냥 계속 자르는 거야. 실용적."

"이건 반박 못 할걸? 잡스 있잖아. 스티브 잡스의 상징적 복장인 검정 목 폴라티에 청바지, 그리고 뉴발란스 운동화. 그건 잡스 취향의 집약 아니야? 너무나도 잡스다운 멋이잖아!"

"여부. 사실 그건 잡스가 직원들 유니폼으로 만들려고 제작한 거였어. 실패해서 본인 혼자 입고 다니게 됐지만. 안타까운 일이지."

"아이참 황희 정승은! 황희 정승도 수염을 배꼽까지 기를 수 있는데 명치 언저리까지밖에 안 기르고~~~"

"원래 인간의 수염은 명치 언저리까지밖에 안 자라. 나머지는 자연 탈락하지."

"그만하자."

"좋은 생각이야."

하지만 나는 아직도 모든 인간은 각자의 멋이 있다고 확신한다. 멋이란 게 뭐 별건가? 멋은 언제나 반짝반짝 잘 닦여 있는 우리 아빠의 구두 위에도 올려져 있고, 갑자기 열어봐도 반듯하게 각이 잡혀 있는 내 친구 M의 피트니스 센터 사물함 안에도 들어 있고, 비닐봉지 사용을 줄이기 위해 늘 면 장바구니를 넣고 다니는 이 과장님의 핸드백 안에도 들어 있는 것이다.

황희 정승에게도 있고, 아인슈타인에게도 있고, 뻥튀기 트럭 사장님에게도 있고, 나에게도 있는 것. 멋.

우리는 모두 제멋이 있는 멋진 인생을 이미 살고 있다.

온 우주에 단 하나뿐이기에 고유하고 아름다운, 흉내 낼 수 없고 훔칠 수 없으며 결코 잃을 수 없는 나만의 것. 나를 나로 살게 하는 그것. 나만의 '멋'이 있는 인생 말이다.

나를 보스라 칭했던 46년생 친구가 있었다. 내가 아는 가장 아름다운 어른이자 귀여운 할아버지였다. 너무나도 고리타분한 표현이지만 이 문장으로밖에 달리 표현할 길이 없다. 그와 함께 일할 수 있었던 것은 하늘이 고르고 골라 나에게 주신 커다란 행운이었다고.

나를 보스라 칭했던 나의 보스는 '폐 섬유화'라는 병을 앓고 계셨다. 폐의 일부가 딱딱하게 굳어지는 고약한 병으로, 처음 그를 만났던 2013년에는 이미 폐의 기능 30%를 상실한 상태였다. 점심시간에 그와 함께 회사 앞 남산 공원을 걸을 때면 그는 앞으로의 모든 일상은 당신에게 덤이다, 덤이다, 하셨다.

3년 정도 잠잠했던 병은 겨울의 폐렴과 함께 악화되었다. 순식간이었다. '서서히'라는 말은 얼마쯤의 축복일지도 모른다고 생각했다. 비상용으로 준비해 둔 호흡기를 사용하시는 빈도가 잦아졌다. 호흡기에 의존하면 좋지 않다는 소견으로 호흡기 사용을 만류하면 나의 보스는 장난스레 웃으며 말씀하셨다.

"보스, 나는 지금, 이 순간에도 혼자 달리기하고 있어요. 오늘만 50km는 뛰었을 거야. 얼마나 숨이 찬지 아무도 모를걸? 이봉주 선수도 나만큼은 숨이 안 찰 거야! 한 번만 봐줘요."

공식 대외 활동 마지막 날, 호흡기를 끼고 단상 위로 올라가시겠다는 보스를 설득했다. 그는 단상까지 단 10미터의 길을 호흡기 없이 걷는 것은 불가능이라 하셨다. 나는 그에게 대중에게 마지막으로 기억될 모습이 호흡기를 낀 모습이어서는 안 된다고, 끝까지 당당하고 멋지셔야 한다고 말했다. 늘 보스가 나에게 말씀하시지 않았느냐면서. 할 수 있다고 생각하면 할 수 있으시다고, 평생 그렇게 말씀하지 않으셨냐고, 몇만 명의 학생들에게 말씀하고 다짐받지 않으셨냐고. 냉정하게 보스를 호흡기 없이 단상 위로 올렸다. 하지만 정작 프로답게 태연했던 그와 달리 무대 뒤에서 호흡기를 붙잡고 엉엉 울었던 건 오히려 나였다.

가족들의 강력한 권유로 폐 이식 대상자에 명단을 올리시고도 보스는 그날이 오지 않기를 바라셨다. 주인의 의지 없이는 스스로 움직이지 않는 유일한 장기가 폐라고 하셨다. 의지를 상실한 채 당신의 몸에 들어온 타인의 폐로 버틸 숨 가쁨이 무섭다고 하셨다. 오로지 무의식 상태의 당신이 버텨야 할 벅찬 숨. 대한민국 재계에 중요한 여러 획을 그었던 분이었다. 8천 명이 넘는 청중을 마이크 하나로 호령하던 분이었다. 그런 분이 무섭다는 벅찬 숨은 도대체 어떤 것일까?

그렇다. '서서히'라는 말은 얼마쯤의 축복이었다. 겨울에서 봄으로 넘어가는 2월의 어느 월요일, 보스에게 맞는 폐 기증자가 생겼다는 연락을 받고 그는 그 길로 수술대에 오르셨다.

'다녀올게요. 보스.' 그가 나에게 보낸 마지막 메시지였다.

2018년, 조금 터무니없지만 이것이 내가 달리기를 시작한 이유다. 그의 벅찬 숨을 같이 느껴드리는 것. 이식 수술을 받고서 깊고 깊은 잠수종에 들어가 버린 그가 타인의 폐로 가쁘게 몰아쉬고 있을 숨을 함께 쉬어 드리는 것. 그것이 그를 향한 나의 존경 방식이었다.

소용없고 쓸모없는 일을 하는 용기는 어딘가에 꼭 닿기 위해서만은 아니라고, 난 지금도 믿고 있다.

황희 정승도 제멋이 있지

유진목 시인이 말했다. 젊다는 건 내게 허리와 목과 무릎이 있다는 걸 잊고 사는 거라고. 박수진은 말한다. 달린다는 건 내게 허리와 목과 무릎이 있었다는 걸 마침내 알고 사는 거라고.

무언가를 시작할 때 사전 정보를 찾아보지 않고 부딪히는 편이다. 미리 찾아보는 정보가 나의 육체와 정신에 한계를 새겨준다는 것을 여러 번 느꼈기 때문이다. 영화나 책을 볼 때도 그렇고, 운동하거나 여행할 때도 그랬고, 쌍둥이 출산과 육아 과정에서도 이런 나의 성격은 큰 도움이 되고 있다. 소소한 부작용으로는 시간 낭비, 체력 낭비, 막을 수 있었던 부상 정도가 될 것 같다.

2018년 3월, 검색창에 '러닝 대회'를 검색하고 5월 강릉에서 열리는 '노스페이스 트레일 러닝 대회' 10km 코스를 신청했다.

당시 신청할 수 있었던 유일한 대회였다고 기억한다. 트레일 러닝이 산을 달려야 한다는 것은 한참 후에야 알게 되었다. 너무나도 나다웠다.

아기들이 18개월을 막 넘긴 시절이었다. 자유로운 시간의 절대적인 양이 부족할 수밖에 없었던 때, 내게 주어진 시간은 회사 점심시간 50분, 뛸 수 있는 장소는 회사 피트니스 센터의 트레드밀뿐이었다. 그렇다. 한 번도 50분 이상, 트레드밀 밖에서는 뛰어본 적도 없이 대회에 참가했다는 이야기다. 신랑은 기록 측정이 가능한 1시간 30분 내로만 들어와도 선방이라고 했다.

휴대전화를 손에 들고 줄 이어폰을 끼고 달렸다. 러닝 시계는 당연히 없었다. 내가 뛰는 속도를 나도 모르는 민망한 상황. 원래 이 정도로 힘든 게 맞는 건지 더 힘들어도 되는지 의문이었지만 물을 곳이 없었다. 떠오르는 생각은 단 하나. '휴대전화만 몸에 붙여도 살겠다.'뿐.

무식은 진정으로 나에게 약이 되었다. 결승선을 52분 30초로 통과했다. 통과할 때까지도 내가 그럭저럭 잘 뛰어 낸 건지 아니면, 더 잘 뛸 수 있었는데 나약하게 군 것인지 판단하지 못했다. 결승선에서 기다리고 있을 줄 알았던 신랑과 아기들이 보이지 않아 전화를 걸었다.

"오빠 어디야?"

"왜 안 뛰었어?"

"뭐라서. 나 결승선 들어왔는데. 지금 어느 쪽에 있어?"

"벌써 들어왔어??? 아직 한참 남은 줄 알고 아기들이랑 핫도 그 먹고 있었는데."

입에 케첩을 묻힌 채 양손에 핫도그와 수제 떡갈비를 들고 당황하며 나에게 뛰어오는 그들을 보며 생각했다. 암밴드와 무선 이어폰을 사야겠다, 고.

대회가 끝나고 기록 확인 창에서 10km 부문 여자부 14등에 올라와 있는 내 이름을 봤다. 사람의 마음이란 것은 이렇게도 간사한 법. 나의 힘듦이 타당했음을 인정받는 순간, 다시는 이 속도보다 빠르게 뛰지 못하겠다는 생각이 들었다. 그래, 내가 힘든 게 옳았구나! 그때, 전날 뛰기 시작했던 100km 부문 선수들이 하나, 둘 결승선으로 들어오는 것을 봤다. 우리의 삶에서는 감히 함부로 판단할 수 없는 것들이 무수히도 많았다.

아직도 즐겁게 뛰고 있다. 하지만, 무식은 때때로 병이 되어서 근본 없이 뛰어다니는 바람에 왼쪽 다리의 무릎과 세 번째 발가락이 안 좋아졌다. 오른쪽 발 두 번째 발가락의 발톱은 나에게 언제부턴가 없는 것이 되었다. 즐겁게 오래 뛰기 위해서 일 년 전부터 달리기 횟수를 주 1~2회로 줄이고 한 번에 1시간 이상은 뛰지 않기로 신랑과 약속했다. 신랑은 나에게 당부 같은 것은 잘 하지 않는 성격이고 나는 그런 당부라도 무참히 잘 무시하는 성격이지만, 이 당부만은 들어 주기로 했다. 왜냐하면 그의 진심이 아주 많이 들어 있었기 때문이다.

러너runner라는 타이틀은 나에게 걸맞지 않다고 생각한다. 그냥 나는 어쩌다 보니 이쪽저쪽으로 숨차게 뜀박질하는 것을 좋아하는 사람이 되었을 뿐이다. 하지만 존경해 마지않는 무라카미 하루키 선생님이 말씀하시는 러너의 기본 자질이 '말없이 근면한 대장장이 같은 것'이라면 나도 일생에 한 번쯤은 '말없이 근면한 대장장이'처럼 살아볼 것이라는 마음을 먹었다.

'멋'이란 것이 철철 흘러넘치는 하루키 선생님의 자작 묘비명을 나누며 글을 마무리하려 한다.

황희 정승도 제멋이 있지

'무라카미 하루키. 작가 그리고 러너. 적어도 끝까지 걷지는 않았다.'

　무릎과 발이 망극하게 허락해 준다면 올해 하프 마라톤에 나가보고 싶다.

황희 정승도 제멋이 있지

소용없고 쓸모없는 일을 하는 용기는
어딘가에 꼭 닿기 위해서만은 아니라고,
난 지금도 믿고 있다.

출근길. 오늘은 정말 덥다. 반면 회사에 들어가면 마트 신선 코너의 채소처럼 입김을 뿜으며 춥겠지. 이 더운 기분을 도시락 가방 속에 잘 챙겨서 꼭 필요할 때 꺼내 귀하게 쓰자고.

오늘 10번 출구 앞 전단지 할머니께서는 전화영어 홍보용 전단지를 나누어 주시네. 여름휴가로 해외여행 계획을 세운 직장인들을 노린 적절한 홍보일 수 있겠다고 생각하며 할머니께 "저 많이 주세요." 해서 열 장쯤 받았다. 아, 물론 해외여행을 갈 계획도 전화영어를 할 생각도 전혀 없지만 전단지를 받는 행위는 나를 조금 시원하게 만든다.

18시간 단식을 하는 중인데 회사 엘리베이터의 전자 게시판에 공지된 오늘의 점심 메뉴는 대패 삼겹살볶음에 두부김치 그리고 '얼음 동동' 미숫가루다. 미숫가루다. 미숫가루다. 미숫가루를 물에 타셨으려나 우유에 타셨으려나. 난 우유 파. 우리 신랑은 물

파. '얼음 동동' 미숫가루를 먹지 못하는 보상 심리로 아껴두었던 에비앙을 땄다. 호사스러운 단식. 달력을 한 장 넘기고.

그러고 보니 어제가 말일이었는데 회사에서 말일인지 모르게 지나갔네. 일 년에 몇 안 되는 무탈한 말일이었구나. 감사해야지.

그렇다. 8월 1일이다. 며칠 전에는 회사에서 2024년 달력과 다이어리 배송 연락을 받았다. 오래전부터 나의 꿈은 2023년 퇴사였는데, 그 꿈 참으로 덧없어라. 지난하고 고단한 밥벌이의 나날들. 얼마 전에 친구 M에게 '부자가 되고 싶다면 내가 생각하는 부자에 대한 정의를 먼저 내려야 한다.'는 전문가의 강의 내용을 전해 들었다.

부자라. 대학 시절 한 프랜차이즈 기업 사장님과 일할 기회가 있었는데 그는 정말이지 '부우우우우우우자'셨다. 집 안에 고급 샴페인 '돔 페리뇽' 전용 창고가 있었고(그 당시엔 '돔 페리뇽'이 뭔지 몰라서 "아, 돈삐리요? 돈삐리 말씀이시죠?" 하고 얼버무렸다.) 한 '개비'가 무려 1만 원인 담배를 태우셨다. '와우, 이 사장님은 정말 돈을 불로 태우시네.'라고 생각했던 기억과 유독 그가 "아이고, 집에 가기 싫다. 집에 가기 싫지 않아요?"라는 말을 습관처럼 많이 내뱉으셨던 기억이 박혀 있다.

"이것 봐. 이렇게 남 부러울 것 하나 없이 특급 부자인 사장님도 사실은 몹시 외롭고 쓸쓸한 보통의 인간이라고. 돈 다 필요 없어. 돈은 행복의 전부가 아닌 거야."라며 동료들과 둘러앉아 서로에게 따스한 애정을 담은 위로를 건넸던 추억도 있다. 하지만 아쉽게도 위로에는 아무런 힘이 없고, 나는 여전히 따스하고 추억 많은 15년 차 직장인이다.

좋아하는 라디오 프로그램 '아름다운 당신에게'의 디제이인 피아니스트 '김정원'이 여름휴가로 비운 자리를 가수 '존박'이 대신 한다는 소식을 들었다. '따스하고, 추억 많고, 요령까지 있는 15년 차 직장인' 박수진은 오른쪽 귀에 이어폰을 꽂고 흘러내리는 머리로 가린 후 존박의 오프닝을 들었다. 존박의 약간 졸린 듯한 목소리를 좋아한다. 그리고 그의 영어 발음도. 섹시해. 존박이 결혼했다니 그것참 아쉽네. 아차차 나도 결혼을 했지. 존박의 한국 이름은 박성규다. 나는야 박수진. 우리는 동성동본. 아마도 존박은 미숫가루보다 돔 페리뇽보다 냉면을 더 좋아할 것이다.

기억의 시작에 대하여

　가끔, 기억의 시작에 대해 생각한다. 기억은 어디서부터 시작되는 걸까?

　내가 믿고 싶은 나의 첫 기억은 일인용 유모차를 세 살 터울 동생과 함께 타고 동네를 산책했던 네 살 때의 희미한 잔상이다. 초록이 검게 느껴질 정도로 우거진 나무들과 반질거리는 자갈 따위가 너르게 펼쳐져 있다. 언젠가 엄마에게 이 기억에 관하여 물어본 적이 있는데 엄마는 "글쎄. 아마 아닐걸? 네가 네 살 경이면 선진이는 한 살이었을 텐데 그렇게 어린 둘을 한 유모차에 태우는 건 위험해서 그랬을 리가 없어. 자갈 깔린 공원도 근방에 없었고. 꿈꾼 거 아니야?"라고 대답하셨다. 그렇지만 나는 그 기억을 굳세게 믿고 있다. 유모차에 같이 타고 있던 동생의 쫀득한 살에서는 고소한 냄새가 났고, 나의 엄마와 아빠는 내내 웃고 있었다고 믿고 싶은 것이다.

믿음의 영역이 아닌 아주 명백한 과거의 영역으로 아로새겨져 있는 완벽한 첫 기억은 작은 사건으로 시작된다. 나는 여섯 살의 유치원생이었고 겨울이었다. 당시 한글을 배우는 학습지를 하고 있었는데 학습지 선생님이 우리 집에 목도리를 두고 가셨다. 작은 동네여서 선생님의 다음 목적지는 오래 생각하지 않아도 알 수 있었다. 바로 앞 빌라 2층의 지영 언니네 집이었다. 엄마는 지영 언니네 집으로 선생님 목도리를 가져다드리라고 심부름을 시키셨고, 목도리를 들고 언니네 집으로 간 나는 한참 문 앞을 서성이다 문 앞 아주 잘 보이는 곳에 목도리를 두고 와버렸다. 잘 알지 못하는 지영 언니네 집 초인종을 누르는 것이 왜인지 그때는 부끄럽고 두려웠다.

목도리는 언니의 집 앞에 몇 분이나 존재하고 있었을까. 10분 뒤 선생님께서 목도리를 찾으러 오셨고 나는 엄마가 선생님께 새 목도리를 사드리겠다고 사과하시는 모습을 방 안 문틈 사이로 지켜보며 서성댔다. 그때 마침 퇴근한 아빠가 엄마에게 방금 있었던 이야기를 듣고 내가 숨어 있는 방 안으로 들어오셨다. 왜 문 앞에 목도리를 두고 왔냐고 묻지 않으셨다. 아빠는 그저 다정하고 커다란 손으로 나를 번쩍 들어 목에 태우고 둥실둥

황희 정승도 제멋이 있지

실 노래를 불러 주셨다.

'우리 강아지, 예쁜 강아지, 세상에서 제일로 예쁜 우리 강아지'

아이가 서너 살이 될 무렵부터 '오늘이 우리 아이의 첫 기억이 돼버리면 어쩌지?' 하고 염려의 밤을 보낸 날들이 많았다. 그런 날들은 대부분 나의 체력과 마음이 건강하지 못했던 날. 아이에게 다정하게 대하지 못했거나 평소의 나답지 않게 언성을 높였거나 혹은 아이가 많이 울었던 날들이다. 그것이 꽤 많이 억울하기도 했다. 그러다가 한 심리학자의 인터뷰 영상에서 어린 나이의 기억은 '그 시절의 분위기'로 결정이 된다는 의견을 들었다.

하루가 아니라 시절. 찰나가 아니라 찰나들의 꾸러미.

아마 우리 아빠는 내가 기억나지 않는 순간부터 아주 오랜 날 동안 나를 목에 태우고 노래를 불러 주셨을 것이다. 내가 아침에 일어났을 때도 밤에 잠을 잘 때에도. 이유식을 먹을 때도, 감기에 걸렸을 때도. 당신의 마음이 기쁘고 편안했던 날에도, 오늘 하루 참 힘들었지, 라고 말하기도 버거운 치사하고 아니꼬운 날들에도. '우리 강아지, 예쁜 강아지, 세상에서 제일로 예쁜 우리 강아지' 하며 그저 그 다정하고 커다란 손으로 나를 번쩍 들어 나를 구름 위에 둥실둥실 떠 있게 만들어 주셨을 것이다. 그 찰나들의 꾸러미가 모여 내가 되었다.

기억의 시작에 대하여 생각한다.

기억은 나를 지키는 것. 견디게도 나아가게도 하는 것. 내가 할 수 있는 일은 우리 아빠가 나에게 그러셨듯, 무수한 찰나들 동안 최선을 다해 아이를 나의 방식대로 사랑해 주는 일밖에 없을 것이다. 아빠의 찰나들이 나에게 닿았듯, 나의 찰나들도 나의 아이에게 가 닿고 있기를 바란다. 그리하여 먼 후일 어떤 날, 아이의 마음이 막막한 어떤 날, 문득 떠오를 첫 기억이 아이의 마음에 빛이 될 수 있기를 소망한다.

황희 정승도 제멋이 있지

먼 후일 어떤 날, 아이의 마음이 막막한 어떤 날.
문득 떠오를 첫 기억이 아이의 마음에 빛이 될 수 있기를 소망한다.

오병이어와 새로운 세계

"엄마, 오이가 열렸어!"

정원에 작은 오이가 열렸다. 열렸다. '열린다'라. 열린다는 말이 새삼스레 예쁘다. 오이라는 새로운 세계가 열린 것이다. 닫혀 있던 오이의 세계가 드디어 열린 것이다. 엄마, 오이가 열렸어, 라고 말하는 아기의 입 모양도 자그맣게 초록으로 열려 있다. '열린다'에 가장 어울리는 주어는 감도, 사과도, 호박도 아닌 '새로운 세계'라는 생각을 해본다. 새로 열린 아기 오이를 보는 우리에게도 열렸으면 좋겠다. 꽃이 지고 열매와 함께 맺히는 새로운 세계가.

출근길 서울역에서 왼쪽 목덜미에 한글로 '오병이어'라는 문신을 새긴 서양인을 봤다. 그 청년 이름은 사이먼이다. 방금 내가 지었다. 사이먼은 왜 하필 왼쪽 목에, 가로가 아닌 세로로, '오병이어'란 한글을 새기게 되었을까. 오병이어가 사이먼의 마음에 가닿은 까닭이 궁금하다. 세종대왕님은 서기 2023년 대한민국 한복판에 사이먼이란 영국인이(추측) 오병이어란 한글을 왼쪽 목에 세로로 새기고 걸어 다닐 것을 예상하셨을까. 그걸 보는 세종대왕님의 마음은 어떠실까. 뿌듯하실까 아니면 쑥스러우실까. 나는 왠지 조금 남사스러우실 것 같다. 사이먼이 서울역을 지나 남대문을 지나 광화문까지 걸어서 세종대왕님 앞으로 등장하였으면 한다. 그리고, 의견을 여쭙고 싶다. 기묘한 사이먼의 오병이어. 어떻게 생각하시는지요, 폐하. 아, 그리고 보니 신랑과 자주 가던 평창동 스타벅스 옆에 떡볶이집 이름이 '오병이어'였다. 오병이어는 생각보다 흔한 단어다.

오늘은 9월 1일이다. 매월 1일 아침 출근길, 0원으로 리셋되는 후불 교통카드를 찍으면 기분이 상쾌해진다. 마치 새로운 세계가 열린 느낌이다. 아, 새로운 세계는 이처럼 가까이에 있었구나. 오늘은 집에 가서 냉장고를 열어 지난겨울 말려서 저장해 두었던 곶감을 꺼내 먹어야지. 찬 바람이 불기 시작하면 새로운 곶감을 깎아 말릴 생각에 기분이 들뜬다.

'열린다'에 가장 어울리는 주어는 감도, 사과도, 호박도 아닌
'새로운 세계'라는 생각을 해본다.
새로 열린 아기 오이를 보는 우리에게도 열렸으면 좋겠다.
꽃이 지고 열매와 함께 맺히는 새로운 세계가.

황희 정승도 제멋이 있지

이도의 엄마들

아침 빛 안에 나란히 들어가 앉아 있는 아이들을 가만히 바라본다. 빛에도 나름의 향기가 있어서 아침의 빛에는 버터를 바른 토스트 향기가 난다. 문득, 아이들이 양지바른 곳에 뿌리를 내렸으면 좋겠다는 생각을 한다. 조금 덜 훌륭하고 덜 아름다워도 양지에서 햇살 가득 받으며 내내 따사롭고 조금은 나태한 어른이 되었으면. 훌륭하고 아름다운 음지는 외롭고 쓸쓸하다.

10번 출구 앞 전단지 할머니께서 오늘은 강아지를 데리고 나오셨다. 바퀴 달린 장바구니 손잡이에 강아지를 목줄로 묶어놓고 새로 생긴 샐러드 가게의 이벤트 전단지를 돌리신다. 돌리다 한 번씩 강아지와 눈을 맞추신다. 강아지와 함께 계신 할머니의 눈은 한층 더 반달이 되어 있다. 강아지는 할머니의 눈을 달처럼 만드는 존재인 것이다. 전단지를 건네받는 나의 눈도 기꺼워 반달이 되었다.

발바닥과 발목 통증이 심해져서 사내 병원으로 치료를 받으러 갔다. 이것저것 아주 길고 성실하게 내 고통의 원인과 결과에 대하여 설명해 주시는 물리치료 선생님의 말씀을 꾸역꾸역 쓰게 듣고,

"선생님, 그래서, 뛰면 안 돼요?" 물었더니
"뛰지 말라면, 안 뛸 거예요? 뛰실 거잖아요. 뛸 땐 뛰더라도 보호 패드랑 테이핑을 하고 뛰시란 거죠. 하고 싶은 건 하시는 성격인 것 같은데. 저도 그렇거든요."

하시며 마치 꿀벌의 벌집 같은 예술적인 테이핑을 해 주셨다. 참으로 멋진 선생님. 아, 참고로 우리 집 아들 이름은 '이도'이다. 선생님 아들의 이름도 '이도'라고 한다. 아무래도 '이도'의 엄마들은 뛰지 말래도 뛰는 성격임에 틀림이 없다.

조금 덜 훌륭하고 덜 아름다워도 양지에서 햇살 가득 받으며 내내 따사롭고
조금은 나태한 어른이 되었으면. 훌륭하고 아름다운 음지는 외롭고 쓸쓸하다.

황희 정승도 제멋이 있지

믿거나 말거나. 소원이 이루어진다는 설화들이 있다. 똥차를 보면 소원이 이루어진다거나, 떨어지는 나뭇잎을 잡으면 행운이 찾아온다거나 하는 미신들 말이다. 내가 나고 자란 동네에서 소원은, 하루에 연보라색 자동차 세 대를 보면 이루어지는 것이기도 했고, 터널을 통과할 때 터널 끝까지 숨을 참으면 이룰 수 있는 것이기도 했다. 이런 설화들에는 믿지 않을 수 없는 속절없는 마음이 묻어 있어서 나는 아직도 터널을 통과할 때면 숨을 꾹 참고, 단풍잎이 떨어지는 계절엔 자주 하늘을 올려다본다.

오늘 아침에는 오랜만에 똥차라고 불리는 분뇨차를 봤다. 오늘의 나에게는 소원을 빌 수 있는 자격이 주어진 셈이다.

케이준 치킨에 떡볶이 국물을 찍어 먹는 사람이 있다. 그는 걱정이 많은 사람이다. 그리고 걱정의 대부분은 그를 위한 것이 아니라 그의 품 안에 있는 이들을 향해 있다. 무거운 것이 있으면 들다 다칠까 걱정, 얇고 가벼운 것이 있으면 베일까 걱정, 강이 있으면 빠질까 걱정, 넓은 들판이 있으면 뛰다 넘어질까 걱정. 지금 생각해 보면 그에게 많았던 것은 걱정이 아니라 두려움과 외로움이었던 것 같다.

비가 조금 내리는 오늘, 나는 아주 오랜만에 똥차를 봤고, 버스를 타고 터널을 지나며 숨을 꾹 참았다. 그러니 나에게는 소원을 빌 자격이 충분하다.

부디, 그와 그의 품 안의 사람들이 행복했으면 좋겠다고 소원을 빈다. 아니, 막연함 너머 행복은 그를 더욱 두렵게 할 것 같다. 그저 자주 기쁘고 매일 많이 웃게 해달라고 소원을 빈다. 그곳이 어디든 말이다.

내 모든 나뭇잎과 터널 안의 숨을 그에게 보낸다.

황희 정승도 제멋이 있지

이순신 장군의 정신

'90년대생이 온다'라는 엄청난 시그널이 울려 퍼졌던 날이 엊그제 같은데 2000년대생이 와 버렸다. 입사 초기에 내가 80년 대생이라고 이야기하면 100명 중 99명의 선임은 '와… 80년대생이 회사에 다니네. 내가 85학번인데, 정말 세월 빠르다.'라는 식의 말들과 이 말의 변주들을 뱉으셨다. 나는 그 문장이 신입사원에게 할 수 있는 가장 보편적인 인사치레일 것이라 짐작했었다. 그런데 얼마 전 입사한 신입사원이 2000년생이라는 이야기를 듣고 '와… 2000년대생이랑 회사를 같이 다닌다고? 내가 05학번인데. 진짜 시간 빠르다.'고 생각하며 이건 인사치레가 아니라 단전에서부터 우러나오는 놀라움이었음을 깨달았다.

2000년대생은 당당하다. 망설임이라는 것이 없다. 목과 허리가 꼿꼿하게 펴져 있고 콧등은 하늘과 가까이 있으며 걸음걸이의 보폭은 넓고 빠르다. 떳떳하고 씩씩하다. 회사 피트니스 센터의 샤워실에서 마스크팩을 올리고 있는 J 님을 보며 나는 완벽하게 새로운 세상을 보았다. 아! 회사 피트니스 센터는 운동뿐만 아니라 피부에 수분을 챙겨주는 공간으로도 이용될 수 있구나! 운동이 끝나면 최대한 나의 맨몸과 얼굴이 보여지지 않도록 샤워 부스 안에서 덜 말린 물기 위에 티셔츠를 구겨 넣으며 전전긍긍했던 노고는 구시대의 유물이었다.

나는 회사에 가면 최대한 숨고 싶어진다. 가능하다면 눈에 띄지 않는 곳에 있고 싶고 화물 엘리베이터를 타고 싶다. 연차를 자가 승인하며 윗분에게 날아갈 자동 메일의 발신 시간을 윗분이 기분 좋아 보이는 때나 아주 바빠 보이는 때를 적절하게 골라 슬쩍 묻어가고 싶다.

'A 님 연차 언제 올리실 거예요?'

'박수진 님은요.'

'저 15시 20분이요.'

'그럼 전 15시 22분으로 할게요.'

서로의 존재를 숨겨주는 일을 도모하기도 한다.

반면 J 님의 연차 메일은 저돌적이다. 앞만 보고 돌진한다. 이순신 장군의 피는 분명 J 님에게 섞여 있으리라 확신한다. 아차.

J 님의 성은 이 씨가 아니옵니다만.

입사 초기의 박수진이 생각난다. 대다수의 사회 초년생이 그러하듯 나는 회사의 모든 가치 있는 일은 본인이 다 하고 있다는 착각을 동력으로 움직이고 있었다.

'와, 나 진짜 너무 바쁜데? 우리 회사 일 내가 혼자 다 하는 거 아니야? 이건 사실 K 님의 일 아닌가? 아니 K 님의 일까지는 그렇다 치더라도, Y 님의 일까지는 좀 아니지 않나?'

라는 생각에 심통이 올라오던 중 파트장님께서 나를 부르셔서 옆 파트의 일을 도와주라고 하셨다. 일을 잘해서 믿고 주는 거라 말씀하셨다. 그때까지만 해도 이순신 장군의 피가 다소 섞여 있었던 나는 "제가 일을 잘해서 일을 주시는 게 아니고, 만만해서 주시는 거잖습니까!"라 말하며 이순신 장군답게 울어버렸다.

파트장님은 어이없다는 듯이 쳐다보다가 이순신의 어깨를 두드리시며 말씀하셨다.

"박수진 님이 만만해서 일을 주는 게 아니고, 당신을 데리고 있는 내가 만만해서 일이 그리로 가는 거야. 내가 얼른 힘을 좀 키워 볼게. 내 탓이오, 내 탓."

이순신은 어렸고 어리석었다.

조선시대에도 '요즘 것들은 세상 무서운 줄 모르고 예의가 없다'며 개탄하는 문서들이 많았다고 한다. 메소포타미아 수메르 점토판에도, 이집트 피라미드 내벽에도, 고대 그리스 철학자 소크라테스가 남긴 글에도 '요즘 젊은이들은 버릇이 없어.'라는 이야기가 쓰여 있다고 하니 말 다 했지. 우리는 모두 한때의 요즘 것들이었다.

나의 어제를 요즘의 요즘 것들에서 본다. 나는 지키지 못한 내 어제의 것들을 부디 요즘의 당신들은 잃지 말고 어여삐 여겨주기를. 지키려고 애를 써도 지켜지지 않는 것들이 세월 안에는 억울할 정도로 무수하다.

거꾸로 우산

그친 줄 알았는데 다시 내리는 비와 화창한 날씨에 예상 못하게 내린 비 중에 어떤 것이 더 당황스러울까. 나는 전자가 그렇다. 갑자기 내리는 비는 예상할 수 없었다는 합리화로 위안이 된다. 하지만 다시 내리는 비에는 우산을 준비할 수 있었다는 어쩔 수 없는 후회가 끈적이기 마련이다.

가끔 무언가를 사고 싶은 마음이 강하게 들 때가 있는데 오늘은 바로 고급 우산이다. 우산은 집에도 회사에도 수십 개가 있지만 대부분은 편의점에서 구입한 오천 원 안팎의 우산이다. 그 말인즉슨 준비성이 없어서 갑자기 길거리에서 사들인 우산이 많다는 뜻이고, 한편으로는 한 개에 오천 원 이상의 돈을 지불할 수 없을 정도로 우산을 잘 잃어버린다는 뜻이다. 우산을 공공재처럼 사용하고 있는 나에게 고급 우산은 정말이지 엄청난 사치품이다. 고오오오급 우산이란 엄청난 사치품을 집에 세 개

쯤 두고 장마를 맞이하는 상상을 한다. 어마어마한 환희의 순간
이다.

채용 부서에서 수행 기사 포지션을 채용하던 중에 지원자 한
분의 특이한 이력이 눈에 띄었다. 바로 '거꾸로 우산'을 발명했
다는 이력이었다. 거꾸로 우산은 우산을 접을 때 비에 젖지 않은
면 방향으로 거꾸로 접는 우산이었다. 실로 굉장한 발명품이 아
닐 수 없다. 하지만 신은, 거꾸로 우산 발명가에게 길을 찾는 능
력은 주지 않았다. 몹시 안타까웠다. 거꾸로 우산 발명가가 발명
을 계속하지 않고 수행 기사를 지원한 이유는 이야기하지 않아
도 우리 모두 다 잘 알고 있을 것이다.

즐거운 상상을 해본다. 거꾸로 우산 발명가가 발명만 해도 삶
이 이어지는 상상 말이다. 글쓰기 좋아하는 박수진이 글만 써도
삶이 이어지는 그런 상상 말이다. 참으로 나약하기 짝이 없는
상상이다.

고오오오급 우산이란 엄청난 사치품을 집에 세 개쯤 두고
장마를 맞이하는 상상을 한다.
어마어마한 환희의 순간이다.

황희 정승도 제멋이 있지

난… 슬플 때 곶감을 말려

6년 만에 무라카미 하루키의 새로운 장편소설이 출간됐다. 소설의 내용은 나에게 전혀 중요치 않다. 74세의 하루키가 또 한 편의 장편소설을 썼고, 38살의 내가 읽을 수 있다는 사실이 기쁨의 전부다. 하루키의 시대가 아직 저물지 않았다는 것, 과거가 아닌 현재의 영역이라는 것, 저 멀리 확실하게 존재하는 하루키의 부지런한 낭만을 응원할 수 있다는 것, 그것이 나의 삶에는 아주 중요한 부분을 차지한다. 선생님께서 부디 오래오래 건강하셨으면.

가을이 신발 끈을 고쳐 매고 출발선에 서서 달리기 시작했다. 오늘 일출 등산을 갈 때 한여름 새벽 5시에도 환하던 해가 5시 30분이 지나도 깜깜무소식이었다. 산 중턱의 찬바람에 소름이 오소소 돋았고 지난주까지 가열하게 울던 매미가 단 한 마리도 보이지 않는 것이 꿈만 같았다. '조선의 가을 하늘을 네모 다섯

모로 접어서 편지에 넣어 보내고 싶다.'라는 소설가 펄 벅의 구절이 생각났다. 정말로 공활하기만 한 가을 하늘.

여름을 보내며 올해 마지막 콩국수를 먹어야겠다고 다짐한다. 콩국에는 소금이지. 아쉽게도 설탕 파 사람을 아직 만나지 못했다. 설탕 파와 친구를 맺고 친구 맺은 기념으로 설탕 콩국수를 딱 한 입만 먹어보고 싶다. 한 입 이상은 곤란해. 소금과의 의리야.

산에서 내려오며 가수 '화사'의 신곡을 들었더니 핫핑크 양말을 신고 춤을 추고 싶어졌다. 이왕이면 핫핑크 스웻 셔츠에 초록색 힐까지 신으면 좋겠지. 그 셋 중에 단 하나도 소유하지 못했다는 게 내가 춤을 추지 못하는 이유다. 화사가 개의치 않고 지금과 같기를 응원한다. 당신의 노래를 들으면 핫핑크 양말을 신고 춤을 추고 싶어지는 사람이 여기에 있어. 당신 덕에 오늘 나의 기분은 핫핑크 양말 기분이야. 넘치는 파이팅을 보내며. 근데 왜 내 유튜브 뮤직 알고리즘에는 화사의 다음 곡이 '루시드폴'의 〈고등어〉인 것이냐, 아 이 말씀입니다.

출근길, 항상 버스정류장 도착 50미터를 앞두고 버스가 도착

한다. 버스를 향해 열심히 달리지만 버스를 탈 확률은 그리 높지 않다. 하지만 나는 매번 최선을 다하여 버스를 향해 달린다. 달리는 수밖에 없는 것이다. 나에게 하루는 그런 것이다. 오늘은 성공했다. 그리하여 오늘 나의 기분은 핫핑크 양말 기분.

황희 정승도 제멋이 있지

가을이 신발 끈을 고쳐 매고 출발선에 서서 달리기 시작했다.
정말로 공활하기만 한 가을 하늘.

귀를 기울이면

우리 아버님은 40대 때 뇌경색으로 쓰러지셔서 왼쪽 팔과 다리가 불편하시다. 말씀도 조금 어눌하시다. 신기하게도 아기들은 친할아버지의 불편한 몸을 전혀 의아해하지도 궁금해하지도 않는다. 그냥 세상에는 왼쪽 팔과 다리가 불편한 사람도 있지, 여기는 모양이다. 어눌한 말투도 할아버지의 고향이 부산이기에 부산 지방 어느 마을의 사투리라고 짐작한다. 궁금해하면 대답해 줄 사연들이 쌓여 있지만 궁금해하지 않는 이들 앞에서는 무색해진다.

딸아이가 친구 집에 초대받았다. 친구의 어머님은 청각장애인이시다. "감사한 일이네, 재미있게 놀다 와."라고 말한 뒤 다른 말을 덧붙일까 고민하다 거두었다.

나이가 40살이 가까워졌음에도 여전히 어려운 일이 장애를 가진 분들을 대하는 태도다. 배려라고 섣부르게 들이미는 마음

66　　　　　　　　　　　　**황희 정승도 제멋이 있지**

에 베이는 이들을 생각한다. 친절은 물론 자랑스러운 것이지만 자랑하듯 뽐내는 것은 결코 아니어야 하기에, 아이의 깨끗한 마음과 눈을 믿어보기로 했다.

친구 집에 다녀온 아이에게 재밌게 잘 놀다 왔는지, 어머님 말씀 예의 바르게 잘 들었는지 물었다. 아이는 과자도 먹고, 귤도 먹고, 게임도 하고, 즐거웠다고 했다. 그리고 친구의 엄마께서 부산 사투리를 하셨지만 귀를 기울이면 잘 알아들을 수 있어서 문제없었다고 말했다. 아이에겐 친구 어머님의 조금 다른 말투가 그저 사투리, 그 이상의 것도 그 이하의 것도 아니었다.

귀를 기울인다. 조금 다른 말투에. 빛나는 문장이다.

시각 장애인들을 위한 점자 보도블록의 색깔과 모양이 미관상 아름답지 않다는 이유로 지자체에서 자체 심의를 거쳐 없앤다는 기사를 봤다. 자고 일어났더니 갑자기 팔이 하나 없어진 것과 같은 심정이라는 시각장애인분의 인터뷰를 보고 눈을 감았다. 미관이 인류애를 이겨버리는 세상에서 살아야 할 아이들에게 나는 무엇을 가르쳐야 하는지 막막하다.

아이들에게 그림책을 읽어 줄 때면 책 속에 그려진 사람들의 모습이 하나같이 참 예쁘다고 생각한다. 책 안에는 왼쪽 팔과 다리가 불편한 할아버지가 없고, 부산 사투리를 쓰시는 친구 어머님이 없다. 유럽의 어느 나라에서는 아이들이 보는 그림책에 필수적으로 장애인을 그려 넣는 것을 원칙으로 삼는다. 세상에는 이런 사람도 있고 저런 사람도 있으며 이런, 저런 사람들은 함께 모여서 살아가야 한다는 것을 인식하는 일. 우리가 미약하게라도 나아가야 하는 방향은 이쪽이 아닐까. 연중행사처럼 벌어지는 의미심장하고 거창한 인식개선 캠페인 같은 것이 아니고 말이다. 가만히 기울일 수 있는 귀는 지금도, 우리 모두 가지고 있다.

황희 정승도 제멋이 있지

특별할 것 없는 특별함

비가 가을을 손잡고 데려왔다.

이봐, 거기 가을! 그렇게 꾸물대고 있으면 못써. 늦는 것도 습관이 된다고. 너무 늦은 것 같아 쑥스럽다고? 걱정 마. 내가 같이 가 줄게.

그렇게 비는 가을을 데려왔고, 오늘 나는 올가을 처음으로 긴소매 셔츠를 꺼내 입었다.

버스 안에는 온갖 계절이 모여 있다. 반소매 옷과 긴소매 옷의 가을, 그리고 섣부른 패딩의 겨울과 미련 남은 민소매의 여름. 바야흐로 계절들의 춘추전국시대가 도래한 것이다. 그리고 바야흐로 은행의 계절이 도래하고 만 것이다.

거리에 은행이 걷지 못할 정도로 많이 떨어져 있으면 이거 원 참 곤란하지만, 나무에 은행 열매 받이 그물이 걸려 있어서 은행이 한 개도 떨어져 있지 않으면 그것도 역시 서운하다. 거리에 은행이 여섯 혹은 일곱 알쯤 떨어져 있었으면 한다. 부담 없는 낭만을 살짝 몇 꼬집만 뿌릴 수 있다면. 그렇다. 이런 것을 우리는 욕심이라 부른다.

다음 주부터 '2022 항저우 아시안게임'이 시작된다. 2023년에 열리는 '2022 아시안게임'이 어째 조금 머쓱하다.

마스크를 끼고 서로의 눈만 바라보던 시절이 있었다. 4인 이상 집합 금지, 영업 제한 시간 9시, 열 체크, QR코드. 끝나지 않을 것 같던 코로나의 나날들이 아득하다. 이런 아득함은 그 나날을 지나온 자들만 느낄 수 있는 특권일 것이다.

오늘 갈아온 비트 주스는 특별히 아주 신선하고 점심으로 먹을 단호박이 특별히 꿀처럼 달다. 오늘 나의 스트라이프 셔츠는 특별히 잘 다려졌고 모닝커피는 특별히 아이스 아메리카노로 정했다. 특별히 얼음을 두 개 더 넣었더니 특별히 더 시원하다. 별다를 것 없는 아침 일상에 조미료로 '특별히'를 뿌려보았더니 왠지 오늘 나의 하루가 정말로 특별해진 것 같은 기분이 든다. 특별히 다를 것 없는 특별히 좋은 아침이다.

황희 정승도 제멋이 있지

아기가 아침에 "엄마, 나 왕 코딱지가 나왔어!" 하며 코딱지를 건네줬다. 나는 "와, 이렇게 큰 게 아기 코에 있었어?" 하며 기꺼이 받는다. 자식이란 갑자기 코딱지를 건네주어도 기꺼운 유일한 존재다. 우리 신랑을 잠깐 대입해 봤다. '여부~ 나 왕 코딱지 나왔쩌.' 후. 참아내기에 무척이나 어려운 일이다. 사랑을 하고 안 하고의 문제가 아닌 것이다.

〈나의 해방일지〉라는 드라마에서 '받는 여자'라는 주제가 나온다. 참수당하는 남편의 머리를 치마폭에 받을 수 있느냐 없느냐, 라는 주제이고 주인공 기정은 '받는 여자'였다. 나도 '받는 여자'이다. 뭐 어쩌겠는가. 신랑의 머리가 땅에 떨어져 산산조각 나게 둘 수는 없지 않은가. 하지만, 아침의 신랑 왕 코딱지는 받지 못하겠다, 아 이 말씀입니다. 오늘부터 나는 '받을 것만 받는 여자.'

신랑은 전투적으로, 아기는 숭고하게. 많은 분이 공감할 것이라 확신하며.

회사에 독감 환자들이 넘쳐난다. 감기 걸리셨구나, 안부를 건네면 대부분 "아이한테 옮았죠, 뭐. 허허허." 하고 웃으신다. '허허허' 하는 웃음에 아이의 숨이 소복, 담겨 있다. 아기들한테 건네받는 것은 코딱지도 감기도 기껍다. 아가, 엄마는 언제나 "It's my pleasure."야.

미안해, 난 다 계획하고 있었어

나 오늘은 쓸모없는 일들을 할 거야! 요새 너무 쓸모 있게만 살아서 진짜 나의 쓸모가 지워진 느낌이야. 몹시 위태롭다고.

호기로운 다짐과 함께, 어제는 온갖 쓸모없는 일들을 잔뜩 했다. 운동이 아닌 목적 없는 산책을 하고, 부의 창출이 아닌 슬픔에 관한 책을 오래 읽었다. '상냥하게 쓸쓸한'이란 표현에 한참 머물러 있었다. 창틀을 닦는 대신 고양이의 졸음 섞인 눈과 비현실적으로 새하얀 콧수염을 상냥하면서도 쓸쓸하게 바라봤다.

산책하며 곧은 나뭇가지를 주웠다. 오빠, 드디어 가을과 겨울이 와버렸어. 퇴근한 신랑에게 나뭇가지를 보여줬고 신랑은 반쯤 체념한 표정으로 익숙하게 나무를 깎아 곶감 걸이를 만들었다. 나를 다독이는 것은 언제나 무용함. 무용함이 잔뜩 채워진 지금의 나는 '슈퍼 파워 엔진'이 장착되어 있다.

쓸모없는 일들이 나를 쓸모 있게 만든다. 그리고 다짜고짜 넣고 듬성듬성 꿰맨 무용함들의 주머니에 매듭을 지어주는 이는 언제나 나의 신랑이다. 아, 어쩌다 당신은 그중에 기어코 나를 만나 연필이 아닌 나뭇가지를 깎게 되었는가. 위성사진을 관측하여 바람 방향까지 계획하는 신랑이 딱 하나 계획하지 못한 일, 아마도 나를 만난 일일 것이다.

결벽이란 동반자와 함께 삶을 살아온 나의 신랑은 낭만 있는 텐트보다 쾌적하고 안락한 호텔에 머무는 것을 더 좋아하지만 아, 당신은 어쩌다 기어코 나를 만나, 다이슨 청소기와 물걸레 청소 포를 들고 캠핑을 가 텐트의 먼지를 정리하는 사람이 되었는가.

나를 다독이는 것은 언제나 무용함.
무용함이 잔뜩 채워진 지금의 나는 '슈퍼 파워 엔진'이 장착되어 있다.

황희 정승도 제멋이 있지

다리 찢으셨어요?

"다리 찢으셨어요?"

요새 회사에서 유행하는 박수진을 향한 인사말이다. '안녕하세요? 식사하셨어요? 주말 잘 보내셨어요?'가 아니라 "다리 찢으셨어요?" 정말로 명랑한 회사가 아닐 수 없다.

인사의 변모 과정도 흥미롭다. "박수진 님, 점심시간에 스트레칭 클래스 들으신다면서요?"라는 정상적인 의문형을 지나 "박수진 님, 다리 찢기 수업 들으신다면서요?"까지는 순수했는데 "박수진 님, 점심시간에 다리 찢으신다면서요?"부터 하드코어다워지더니 요새는 그냥 얼굴만 마주치면 내뱉으신다.

"다리 찢으셨어요?" "오늘 다리 찢으세요?" "언제 찢으러 가세요?" "얼마나 찢으셨어요?" "잘 찢어지세요?" "내일 또 찢으세요?"

흠. 참으로 발랄한 회사가 아닐 수 없다.

이런 발랄한 인사가 주저되는 이유는 나도 사회적 체면이라는 게 있는 사람이기 때문이다, 라는 핑계는 비겁하고 사실은 나의 다리 찢기 모양이 썩 훌륭하지 못한 게 창피하고 떳떳하지 못하기 때문이다.

네 네, 일단 제가 점심시간에 다리를 찢는 게 맞기는 맞는데요. 그게 다리를 찢는 게 목적이 아니고 신체 컨디션 회복과 관절·근육에 올바른 균형을 찾아주는 게 목적이라 다양한 방식의 스트레칭을 배우고요, 그중 일부 과정이 다리를 세로와 가로로 찢는 건데요. 아니 제가 다리를 찢지 않았다는 말씀은 아니고요. 방점이 잘못됐다는 말씀을 드리고 싶은 건데요. 아니요, 그래서 못 찢지는 않고 찢긴 찢었는데 또 이게 여러분이 원하시는 모양새로 시원스러운 '한 일(一)' 자 모양은 아니어서 약간 애매는 한데, 장족의 발전이 있긴 있었는데요, 이게 아무 때나 24시간 쫙! 쫙! 마음먹은 대로 되는 일은 아니라서….

하지만 나는 느꼈다. 옆 파트 김 과장님도, 아래층 이 부장님도, 5층의 황 양도, 3층의 윤 님도 모두, 사실은 찢어보고 싶어 한다는 것을. 숨기고 있지만 어쩔 수 없이 새어 나오는 찢어보고 싶은 열망을 나는 느끼고 말았다.

퇴근한 신랑에게 몇 가지 다리 찢기(사실은 고관절에 좋은) 연습 동작을 가르쳐줬는데 그는 이 동작에 대해 '잘하면 최고로 명예롭고 잘못하면 최악으로 수치스러운 동작'이라고 첨언했다. 하지만 나는 우리 신랑의 눈빛에서도 느끼고 말았다. 우리 신랑도 사실은 찢어보고 싶은 사람이라는 것을 말이다.

한 가지 심각한 고민이 있다. 회사에서 피트니스 센터를 가는 동선 외에는 거의 자리에서 움직임이 없는 나는 대부분의 회사 동료를 엘리베이터 안에서 만나게 된다는 것이 고민의 원인이다. 엘리베이터에는 보통 불특정 다수 여러 명이 타기 마련이고 불특정 다수들도 내가 다리를 찢는다는 것을 알게 될 수밖에 없는 구조란 것이 황망하다. 민망함을 피해 화물 엘리베이터를 타고 다닐 것이냐, 아니면 나 스스로에게 당당히 "Yes, I Can do it!"을 외치며 다리를 24시간 자유자재로 찢을 수 있도록 수련할 것이냐, 의 기로에 서 있다. 그리고 나는 언제나 그렇듯 후자이다.

조만간 나는 "Yes, I Can do it!"

무턱대고 움직이는 마음

　오늘 아침, 9-1번 출구 앞에 늘 앉아 계시는 홈리스 할아버지가 보이지 않는다. 가끔 눈을 맞추며 눈빛을 나누는 사이다. 할아버지 부재의 이유가 궁금하면서도 한편으론 알고 싶지 않은 두 가지의 마음.

　우리 집은 청와대와 가까이 있는데, 결혼하고 얼마 되지 않았을 적에는 대통령 집무실이 청와대에 있을 때라 집 근처에서 참 많은 시위가 열렸다. 모든 시위에는 가치가 있다고 믿는 편이지만 박정희, 이승만, 트럼프 대통령의 얼굴을 높이 들고 박근혜 공주님과 군사정권 복귀를 외치며 성조기와 이유를 알 수 없는 이스라엘 국기를 흔드는 70대 이상 어르신들의 시위를 볼 때는 마음이 헝클어졌다. 모여 있는 그들은 거세고 단단해 보였다. 위협적으로 느껴지기까지 했다.

비가 오는 토요일이었던 늦가을 그날도 어르신들의 시위가 있었고 시위가 끝나는 오후 다섯 시 무렵 세차게 비가 왔다. 거세고 단단해 보이던 그들이 녹듯이 흩어지며 한낱 개인이 되어, 추운 날씨 무거운 가방을 메고 쫄딱 비를 맞은 채 지하철역으로 향하는 뒷모습을 봤다. 너무나도 나약해 보이는 70대 할머니, 할아버지였다. 그 모습을 보고 옆에 있는 신랑에게 "오빠, 저 할머니 할아버지들 사실은 정말 약하고 작은 존재였어."라고 울먹이며 말했는데 그때 우리 신랑의 대답을 나는 토씨 하나도 틀리지 않고 기억하고 있다.

"여부, 모든 약자가 선하다는 편견도 아주 위험한 편견이야. 마음을 조금 거둬내고 세상을 바라보는 연습을 해봐."

그렇다. 나는 어떤 상황에서도 어떻게든 기어코 마음을 뿌려댄다. 대학교 때 포장마차에서 술을 마시면 늘 자일리톨 껌이나 양갱, 가래떡 같은 것을 파는 할머니들이 포장마차 안으로 들어오셨다. 그때마다 껌을 샀던 탓에 내 가방 속에는 늘 껌이 넘쳐났다. 옆에서 같이 술을 마시던 친구들은 이런 거 사봤자 돈을 버는 건 할머니를 시킨 왕초라고, 타당한 이야기를 했다. 나는 대답했다.

"껌 파는 할머니에게 껌을 사는 건 나의 마음이고, 껌을 판 돈을 구역 대장에게 주는 것은 할머니의 마음이야. 나는 내 마음만 관리하면 돼. 내가 할 수 있는 일은 거기까지야."

마음이 점점 거추장스러워지는 나이. 부단히 마음을 거둬내고 세상을 바라보는 연습을 하는 중이지만, 아직까진 얄궂은 나의 마음이 언제나 승리한다.

무턱대고 움직이는 마음이라는 것도 우리 안에는 분명히 존재한다.

전 아직도 프로답지 못해요

    회사에 미인대회 출신 직원분이 계신다. 같이 일을 해본 적은 없지만 그녀를 모른다는 것은 불가능하다. 왜냐하면 나에게도 눈이란 것이 달려 있고 그녀는 매우 아름답기 때문이다.

    내 자리는 화상 회의실과 가까운 곳에 있다. 어느 날, 그녀는 화상 회의가 예정되어 있는지 회의실 근처에서 분주하게 움직이다가 내게로 와 회의실 PC를 고쳐 달라고 했다. 물론 내가 도울 수 있는 일이면 기꺼이 도와드렸을 테지만 나에게는 PC를 고치는 역량이 안타깝게도 전무하다. 그녀에게 미안하다며 전산실 번호를 알려준다고 하였지만, 그녀의 적잖이 실망스러운 모습이 조금 당황스러웠다. 그녀는 나보다 조금 먼 자리의 직원에게 같은 부탁을 했고 그 직원은 컴퓨터를 고칠 수 있는 멋진 분이어서 문제는 빠르게 해결되었다.

    문제가 해결되는 과정을 가만히 보고 있으니 거침이 없으셨다. 부탁이란 행위에 망설임이 없으셨다. 그녀는 쉬 거절당하지 않는 삶을 살았으리라. 거절에서 수반되는 상처가 없으시리라. 모든 사람에게 환영받고 존재만으로 기쁨이었으리라, 생각이 들었다. 삶은 수시로 공정하지 않게 흘러간다.

채용 직무를 맡고 얼마 되지 않아 사내 변호사를 채용한 적이 있다. 중요한 포지션이었고 후보자와 채용 담당자인 나에게 일련의 과정들은 제법 길고 어려운 시간이었다. 1, 2, 3차 면접과 인성 적성 테스트까지 마치고 후보자가 합격을 손에 얻기까지 걸린 시간은 약 두 달. 워낙 후보자의 성품이 좋으시기도 했고 내가 처음으로 온전히 담당한 포지션이어서 그 시간 동안 후보자와 라포rapport가 단단히 형성돼 버렸다. 미숙했던 것이다.

처우 협의를 앞두고 마지막으로 후보자의 레퍼런스 체크까지 완료한 후 그동안 고생 많았다고 서로를 다독였는데, 며칠 뒤 회사 사정으로 채용이 어렵게 되었다는 팀장님 말씀을 들었다. 후보자는 이미 기존 회사에 퇴사 통보를 한 상태였다. 화가 났다.

---

i 라포rapport : 상호신뢰 관계를 의미하는 것으로 두 사람 사이에 감정교류를 통한 공감이 형성되어 있는 상태를 말합니다.

황희 정승도 제멋이 있지

이건 부당한 일이라고 목소리를 높였다. 후보자가 공들인 두 달 이상의 시간을 어떻게 보상할 수 있단 말인지, 모든 후보자에게 공정한 채용 절차가 돌아가고 있지 않는 시스템에 문제가 있다고 따져 물었다. 팀장님은 답하셨다.

"박수진 님. 혹시 우리 회사 신입사원 공채 경쟁률이 몇인지 아시나요? 100 대 1이 넘습니다. 서류 접수부터 최종 합격자 발표까지 석 달이 걸려요. 그 친구들은 석 달 동안 거의 우리 회사에 입사를 한 기분으로 살지요. 하지만 99명은 떨어집니다. 떨어져야 해요. 그 떨어진 99명의 면면이 어떠냐. 너무 훌륭해요. 저보다 훌륭합니다. 박수진 님보다 훌륭해요. 그런데 떨어져야만 합니다. 어쩔 수 있나요. 회사에는 정해진 숫자라는 것이 있고 그것을 어기면 회사는 돌아가지 못해요. 너무나 미안하지요. 우리가 미안해야 할 곳은 오히려 그쪽일 겁니다. 지금 이 후보자, 잠시 창피하겠지만 돌아갈 곳이 있잖아요.

공정이라. 세상에 완벽한 공정이라는 게 있을까요? 박수진 님이 지금 이 자리에 있는 게 100% 공정하다고 장담할 수 있습니까? 1%의 운도 작용하지 않았다고 확신할 수 있어요? 박수진 님, 오늘 굉장히 프로답지 못했어요. 프로다워지세요."

삶은 수시로 공정하지 않게 흘러간다. 우리는 자주, 나도 예외가 아니라는 것을 망각하며 공정과 불공정의 파이를 공정하게 나눠 먹고 있을지도 모르겠다.

하얀 레이스 양말

이불 속에서 오래도록 발가락을 꼼지락거렸다. 이불 밖으로 나오니 한참 먼저 일어난 아기가 재활용 상자를 가지고 진지하게 쓰레기를 창조하고 있다. 쓰레기 더미 안에 앉아서 본인이 창조한 작품을 설명하는 모습에 사뭇 자부심이 묻어나온다. 묻어나온 자부심을 경청하여 들어준다. 아가, 너는 꼭두새벽에 일어나서 쓰레기를 창조할 수 있는 멋진 아이야. 아이의 자부심이 공중에 흩어지지 않게 하는 일. 내가 할 수 있는 가장 중요한 일 중 하나이다.

양말을 고민한다. 빨간 양말은 너무 적나라하고, 스트라이프 양말은 재미가 없지. 연휴가 끝난 수요일이니 오늘은 하얀 레이스 양말의 기분. 곱게 양말을 신고, 잊으면 안 되는 소지품들을 가방에 챙겨 넣는다. 태블릿PC, 이어폰, 운동복, 도시락 그리고 사원증. 아이들에게 오늘 하루도 재미있게 놀아, 라고 인사한 후 집을 나선다.

7016번, 1711번 버스가 동시에 도착했고 1711번 버스를 탔다. 버스 안에서 습관적으로 '날씨'를 검색한다. 오늘 오후에 잠시 비가 내리고 기온이 뚝 떨어진다네. 다음 주까지 잔뜩 그려져 있는 해님 얼굴이 반갑다. 해님에게도 기분이 있다면 요즘 해님의 기분은 핫핑크 양말 기분일 것이다.

회사 엘리베이터에서 옆 부서 부장님들을 만났다. 예쁜 양말을 신으셨네요, 라고 건네주시는 인사에 오늘 오후에 비가 내리고 내일부터 기온이 뚝 떨어지니 감기 조심하세요, 라고 화답을 드렸다.

자리에 앉아 PC를 켜고 20통의 메일을 확인하고, 텀블러에 작두콩 차를 우렸다. 클래식 FM에서 '조성진'의 쇼팽 연주가 흘러나오고 있다. 조성진의 손가락에 가을바람이 실려 있네. 이 연주가 끝나면 따뜻한 커피를 받아와야지. 점심시간에는 피트니스 센터에서 아껴둔 드라마 〈무빙〉을 보며 유산소 운동을 할 것이다. 18시간 공복을 채운 후 오후 2시에는 샐러드를 귀하고 맛있게 먹을 것이다.

햇빛이 찬란한 수요일, 완벽한 일상이다. 복귀할 일상이 있다는 것이 큰 행복이라는 것을 너무나도 잘 알고 있다.

아가, 너는 꼭두새벽에 일어나서 쓰레기를 창조할 수 있는 멋진 아이야.
아이의 자부심이 공중에 흩어지지 않게 하는 일.
내가 할 수 있는 가장 중요한 일 중 하나이다.

황희 정승도 제맛이 있지

0.01%의 불순물도 없이 순도 100%의 마음으로 가족이 아닌 타인의 빛나는 앞날을 진심으로 기뻐할 수 있을까. 나는 있다고 확신한다. 질투 없이 시샘 없이 조급함 없이 박탈감 없이 그 혹은 그녀가 온전히 잘되길 마음껏 바랄 수 있는 마음. 그것이 내가 생각하는 팬심이다. 무턱대고 좋아해도 되는 존재. 한쪽의 마음만으로도 가능한 존재. 대책을 세우지 않아도 되는 존재. 그런 존재를 좋아하는 마음을 나는 팬심이라 부른다.

완벽한 타인이기에 어쩌면 가장 완벽하게 위로받을 수 있는 존재. 내 인생에 전혀 영향을 끼치지 않는 존재이면서도 어쩌면 인생의 결을 바꿀 만큼의 영향을 끼치는 존재. 어둠 속에 있는 누군가를 볕으로 꺼내줄 수도 죽음과 가까이 있는 이에게 삶을 되찾아 줄 수도 있는 존재. 그 존재는 사람 자체일 수도 있고, 그 사람이 창조한 창조물일 수도 있다.

그 혹은 그녀가 더 잘돼서 더 아름답고 더 높은 곳에 올라가고, 덜 아프고 덜 상처받으면서 천천히 내려와 끝끝내 많은 이들에게 박수받고 존경받고, 그래서 닮고 싶고 나도 꼭 그렇게 살아보고 싶다는 마음을 먹고 싶다. 아이처럼 그들을 좋아하고 그들의 재능을 탐닉하고 생각을 사유하고 싶다.

아, 정말 그들이 망하지 않았으면 좋겠다. 큰 탈 없이 아프지 말고 나쁜 유혹에 빠지지 말고, 씩씩하고 굳건히 삶을 살아내 주었으면 좋겠다. 함께 늙어 갔으면 좋겠다. 같이 주름을 이야기하고, 나빠지는 시력을 이야기하고, 삶을 애처로워하고 또 가여워하면서. 참으로 경이롭던 사람들이 너무 쉽게 허물어지는 것을 보는 일은 가슴 저미게 슬프다.

어느 날 내 뒤통수로 박용택이 걸어왔다

회사 피트니스 센터에서 있었던 일이다. 야구를 좋아하는 나는 여느 날처럼 엘지트윈스 경기를 틀어놓고 트레드밀을 달리고 있었다. '시작하자마자 삼진이야. 오, 투수 앞 땅볼! 아이고, 슬라이더를 쳐버렸네. 악, 내야 땅볼 병살이잖아!' 하며 혼자 열을 냈다가 식혔다가 박수쳤다가 한숨을 쉬었다가 고통스러워하고 있는데. 뒤통수 쪽이 뭔가 싸늘했다. 누군가 쳐다보고 있는 느낌이 들었다. 속도를 낮추고 뒤를 살짝 돌아봤더니 평소 눈인사만 주고받던 옆 부서 P 님이 나를 보고 은근한 미소를 지으며서 계셨다.

"아, P 님 안녕하세요?"

"야구 좋아하시나 봐요. 항상 야구 보고 계시더라고요."

"앗, 보셨군요! 야구 좋아해요."

"엘지트윈스 팬이신가 봐요."

"넵, 맞아요. 엘지트윈스 팬이에요. 오래됐어요."

"아, 역시 그러시군요!"

(잠시 정적)

(끝…?)

"저…. (내 귓가에 속삭이시며) 사실 박용택 선수 사촌 동생이에요."

"어머! 진짜요??? 아, 대박!!! 저 사인 한 장만 받아 주세요!!!"

잘 가꾸고 단장해 놓은 사회성을 벗어 던지게 만든 위대한 단어. 엘지트윈스와 박용택. 내 뒤통수로 박용택이 걸어온 역사적인 날이었다.

나는 엘지트윈스의 골수팬이다, 라고 적어놓고 보니 골수팬의 자격에 대해 의문이 생기며 슬쩍 한 발을 빼고 싶어진다. 나는 엘지트윈스의 오랜 팬이다, 라고 적어놓고 보니 2005년부터 현재까지 만 18년의 기간이 진정 오랜 기간인가 검증받기가 애매하여 주춤하게 된다.

나는 엘지트윈스의 팬이다. 대학 시절 아르바이트하며 닮고 싶지 않은 어른을 공경하는 데 온 하루를 보내고 집으로 돌아오는 밤, 내 곁에는 손톱을 닮은 초승달과 이어폰 속의 야구가 있었다. 영원이라 믿어 의심치 않았던 여러 의미가 물거품보다 하찮게 사라지던 그런 날에도 변함없이 엘지트윈스는 늘 그렇듯 나에게 '언제나 그 자리에'라는 믿음으로 그곳에 있었다. 나에게 엘지트윈스는 그렇게 쌓인 18년이란 시간의 퇴적물이다.

18년의 세월, 엘지트윈스의 경기를 보면서 가장 많이 들었던 선수 이름이 아마 박용택일 것이다. 매해 주목받는 선수들이 바뀌고 새로운 루키가 등장하며 피고 지는 선수들 사이에서 박용택은 나에게 초승달이었다. 내가 가장 많이 들었던 이름, 내 저녁을 가장 많이 함께 보내주었던 그 선수의 이름, 그는 박용택이다.

그리고 그는 나의 결혼에도 결정적인 역할을 했다. 남편과 내가 처음 만난 대학로의 횟집에서 박용택 선수의 등장 곡인 김범수의 〈나타나〉라는 노래가 나왔을 때 "왜 내 눈앞에 나타나~"라는 가사 뒤에 "박! 용! 택!"이라는 응원 구호를 짠 듯이 동시에 외치며 우리는 첫눈에 서로가 서로를 알아봤다.

엘지트윈스가 승리하거나 패배하거나는 내가 야구를 보는 중요한 이유가 아니다. 엘지트윈스는 내 몸 깊숙이 자리 잡고 있지만 평소에는 인지하지 못하고 있는 몸속의 쓸개와 같은 존재이다. 늘 그 자리에 있고 평소에는 특별히 그 고마움에 경의를 표하지 않지만, 누군가가 "너 몸에 쓸개 있지?"라고 물으면 "그럼. 당연히 있지. 내 쓸개 아주 잘 있지!"라고 당당히 대답하며 그 자리에 있음을 고마워하는 존재. 쓸개가 튼튼하거나 튼튼하지 않은 것은 내가 어찌할 수 없는 하늘의 뜻. 그저 그 자리에서 묵묵히 자신의 역할을, 최선을 다해서 해내 주기를 응원하는 존재가 나에게는 엘지트윈스다. 우승 못 해도 별 수 있나. 우승하지 못한다고 쓸개를 바꾸나? 가당치 않은 이야기다.

그런 날이 있다. 단 한구석도 어제보다 나아지지 않은 것 같은 허무함이 밀려오는 날이 있다. 내가 했던 모든 말과 행동이 아무런 가치를 지니지 못한 채 공중으로 흩어져 무(無)가 되어버린 것 같은 날이 있다. 그런 날 나는, 내 뒤통수로 걸어 들어온 박용택을 생각한다. 한 사람 건너에 박용택이 있는 것을 떠올리며 가득 유쾌한 상상을 해본다.

'길을 가는데, 갑자기 거리에서 유재석 아저씨가 진행하는 프로그램을 촬영하는 거야. 근데 프로그램 그날의 주제가 마침! 하필이면! 자기가 아는 사람 중에 제일 유명한 운동선수에게 전화 걸기인 거지? 그럼 나는 당당하게 내 쓸개, 박용택을 꺼내 보일 거야. 아주 당당하게 말이야. 한 사람 건너 아는 사람이면, 아는 사이잖아요~ 하면서 아주 당당하게 말이야.'

그럼 나도 모르게 씩 웃게 된다. 마치 아주 튼튼한 쓸개를 갖게 된 것처럼 말이다.

엘지트윈스는 내 몸 깊숙이 자리 잡고 있지만
평소에는 인지하지 못하고 있는 몸속의 쓸개와 같은 존재이다.

황희 정승도 제멋이 있지

한로 寒露

보리차는 은하수로 끓는다

젖은 낙엽

올해 마지막 낙엽 냄새를 맡을 수 있는 날인 것 같아 정동길을 걸어 퇴근했다. 떨어져 있는 젖은 낙엽을 보니, 술만 마시면 입버릇처럼 젖은 낙엽같이 회사에 붙어 있을 거란 신랑의 말이 생각나 웃음이 났다. 그러다 보니 젖은 낙엽에 전부 신랑 얼굴이 겹쳐 보여, 차마 밟지 못하겠다는 마음에 종종걸음으로 피해 왔다. 젖은 낙엽을 발로 슬쩍 밀어보았더니 미끄러진 것은 낙엽이 아니라 내 신발이었다.

오빠, 젖은 낙엽 되는 것 쉬운 게 아니네. 피어야 하고, 자라야 하고, 오랜 세월을 버텨야 하네. 바람도 맞고, 눈도 비도 맞으면서. 떨어져서도 끝끝내 밀리지 않아야 하네. 젖은 낙엽이 되는 거 큰 영광이다, 오빠. 생각하다가. 젖은 낙엽만 봐도 신랑 생각이 나다니 어쩐지 조금 눈물이 났다. 오빠가 없다면 인생이 너무 재미없을 것 같아. 원두 볶아줄 사람도 없고. 또 곶감 걸이는 누가 만들어 준담.

오늘은 11월 10일 내 남편 쿠쿠의 생일. 오빠, 젖은 낙엽같이 내 옆에 딱 붙어 있도록 해. 가장의 명령이야. 생일 축하해요.

생일 기념으로 작년 11월 10일 KBS 클래식 FM '출발 FM과 함께'에 채택된 사연을 공유해 봅니다.

내 남편 쿠쿠
생일을 진심으로 축하합니다.

20대 철모르던 어린 나의 꼬임에 굳이 넘어가 주어, 겪지 않아도 되었던 여러 종류 고난의 동반자로 삶을 살아가고 있는 사랑하는 나의 오빠.

다음 생에는 내가 오빠의 엄마가 되어 줄게.
내가 엄마가 되어 오빠가 일곱 살이 될 때까지 잠을 재워 줄게.

여덟 살이 될 때까지 업어주고 엉덩이를 토닥여 줄게.
꼬마 경근이를 위해 무지개 식빵을 구워 주고 핫초코를 만들어 줄게.

황희 정승도 제멋이 있지

기쁜 일이 있을 때, 속상한 일이 있을 때 혼자 있게 하지 않고 오빠가

싫다고 하는 날이 올 때까지 손잡고 안아 줄게.

1982년 11월 10일에 태어나 나의 남편이 되어주어 고마워.

그러니 이번 생에는 고생을 좀 부탁해.

생일 많이 축하해.

오빠, 젖은 낙엽 되는 것 쉬운 게 아니네. 피어야 하고, 자라야 하고,
오랜 세월을 버텨야 하네.
바람도 맞고, 눈도 비도 맞으면서, 떨어져서도 끝끝내 밀리지 않아야 하네

황희 정승도 제멋이 있지

해바라기의 노릇

해바라기에서 해바라기의 씨가 나왔다. 너무나도 당연한 자연의 법칙이 주는 경이로움이 왠지 애처롭다.

초여름에 아기들 키보다 작은 해바라기 모종을 심었다. 해바라기는 해바라기다워야 한다는 나의 기대와 응원을 먹고 성실히 자라나서 노란색 잎을 한 잎, 두 잎, 세 잎 일주일을 꼬박 걸쳐 활짝 열고, 해님의 뒤꽁무니를 부지런히 따라다니다가, 짧아진 해맞이 시간이 맞춤 맞게 서운한 듯 부단히 시들어 결국, 해바라기씨다운 해바라기씨를 남겼다. 해바라기의 씨에는 해바라기의 노릇이, 담겨 있다.

해바라기의 씨는 정말로 해바라기씨처럼 생겼다. 동서고금을 막론하고 이것은 해바라기씨라고 불릴 수밖에 없다. 해바라기씨를 단 한 번도 실제로 보지 못한 사람이 보더라도 이건 해바라기의 씨 외에 다른 예측은 절대 불가하다. 참으로 해바라기다운 해바라기의 일생. 해바라기야. 너도 해바라기 노릇을 하느라 고생이 참 많았네.

노릇을 한다는 게 얼마나 고단한 일인지 우리는 모두 알고 있다. 노릇을 하고 도리를 하느라 인생의 일부를 소모하는 것 같을 때가 많다. 노릇에 묻어 있는 진득한 기대가 끈적거려 발목을 잡기도 하고, 가끔은 아무 노릇 없는 삶을 살아보고 싶을 때도 있다. 하지만, 나에게 노릇을 버리면 결국 무엇이 남는단 말인가.

해바라기야. 나의 기대가 너를 해바라기답게 만들었을까, 아니면 해바라기 노릇을 하도록 만들었을까. 나의 기대는 너에게 응원이었을까, 아니면 짐이었을까.

오늘은 수학능력시험 일이다. 모든 수험생 친구가 노릇을 버리고 자신의 삶을 살기를 바라는 마음.

황희 정승도 제멋이 있지

보리차는 은하수로 끓는다_한로

노릇에 묻어 있는 진득한 기대가 끈적거려 발목을 잡기도 하고,
가끔은 아무 노릇 없는 삶을 살아보고 싶을 때도 있다.
하지만, 나에게 노릇을 버리면 결국 무엇이 남는단 말인가.

황희 정승도 제멋이 있지

오랜만에 대학교 친구들을 만났다. 결혼하고 처음이니 어언 10년 만이었다. 남자 친구들이 대부분이라 결혼 후의 모임 자리에는 우리 신랑의 염려를 의식하여 나를 부르지 않은 드넓은 친구들의 배려심 덕이었다. 모임 장소는 대학로였고 회사 일은 언제나 그렇듯 맞춤 맞게 늦게 끝나 약속 시간에 늦고 말았다. 허둥지둥 도착한 나에게 친구들이 물었다.

"수진이 너. 왜 늦게 와?"

"일이 늦게 끝나서 늦었지."

"회사 다녀? 대박 충격이네. 뭐 어쨌든, 퇴근 시간 되면 튀어 나와야지!"

"일이 안 끝났는데 어떻게 튀어 나가. 끝내고 튀어 나가야지."

"뭐야. 너. 일 설마 열심히 해?"

"뭐래. 그럼, 일을 열심히 하지. 대충 해?"

"아니 학교 다닐 때 공부도 열심히 안 했던 애가 일은 왜 열심히 한다는 거야? 말이 안 되잖아."

"아니거든? 할 만큼은 했거든?"

"웃기지 마. 학교 다닐 때 공부 하나도 안 했잖아. 네가 열심히 했던 게 있긴 있지. 책 읽기, 술 먹기 그리고 알바, 알바, 알바."

그랬다. 아끼고 아껴야 했던 시절이었다. 평일 알바, 주말 알바, 과외, 일일 알바, 닥치는 대로 해야 했던 시절이었다. 필수 전공 학점만 채우고 나머지 졸업 학점은 전부 교양 수업으로 때웠다. 수강 신청 시스템에서 유일하게 '교양 수업 수강 신청 가능 학점을 초과하였습니다.'라는 문구를 본 전설의 인물이기도 했다. 전공과목 팀 프로젝트 때 전혀 도움이 되지 않는 나를 연행하듯 끌고 다녀 주었던 감사한 친구들 덕분에 졸업은 가능했다.

남는 시간에는 늘 도서관에 갔다. 집에서 식빵이나 모닝 빵, 베이글같이 냄새가 나지 않는 빵들을 구워 작게 잘라 가벼운 통에 넣어와 자판기에서 따뜻한 '데자와' 밀크티를 뽑았다. 끼니 대신이었다. 도서관 열람실 내에서는 취식이 금지되어 있기에 살그머니 뚜껑을 열어 작게 자른 빵 조각을 입에 넣고 오래오래

녹여 먹었다. 밀크티를 먹으면 입안이 텁텁해지는 느낌이 어쩐지 영국 사람이 된 것 같아 좋았다. 무라카미 하루키를 한자로 쓰면 '촌상춘수'라는 것을 알았다. 촌상춘수와 함께 금지된 행동을 몰래 저지르는 은밀한 기쁨. 그때는 시간과 돈을 아끼기 위한 이유가 컸지만, 그 시절 내가 도서관에서 읽었던 책과 도서관 멀티미디어 실에서 봤던 영화가 지금의 나를 만들었다는 것을 이제는 안다.

친구들은 본인들을 '박수진 울타리'라고 칭했다. 네가 너인 듯 살려면 울타리라도 있어야지 어쩌겠냐면서. '너 도서관에 있지. 술 먹자. 나와.' '너 알바 끝났지. 술 먹자. 나와.' 그렇게 아낀 돈으로 울타리들과 주황색 비닐 속으로 들어가서 우동과 소주를 먹었다. 가끔 보너스라도 받는 날에는 눈을 꾹 감고 통골뱅이 같은 값비싼 안주를 시켜서 골뱅이 살을 세 번씩 네 번씩 잘라 초장에 찍어 먹는 호사를 누리기도 했다. 골뱅이를 먹는 것이 아니라 초장을 먹는 것이었지만 우리는 이미 이만치 어른이 된 것 같아 뿌듯했다.

독학으로 배운 말도 안 되는 기타 연주 실력을 벗 삼아 김광

석의 〈서른 즈음에〉를 불렀다. 김광석의 〈서른 즈음에〉는 서른이 한참 안 된 나이에, 서른이 한참 지난 것 같은 마음으로 불러야 하는 것. 어서 빨리 서른이 되고 싶기도 하고 되도록 그날이 오지 않기를 바라기도 했다. 정말 찾아와 버린 서른 즈음에는 〈학교 종이 땡땡땡〉이나 〈삐약삐약 병아리〉 같은 노래를 부르느라 청춘을 논하는 것은 사치가 될 줄은, 그때는 아무도 몰랐다.

황희 정승도 제멋이 있지

"수진이 너, 가방에 아직도 벽돌 넣고 다녀?"

집으로 돌아가는 길에 친구가 묻는다.

"너 가방에 맨날 책 다섯 권씩 넣고 다녀서 엄청나게 무거웠 잖아. 밤길 걱정할 필요가 없다고. 가방 던지면 끝이라고 놀렸잖 아 우리가. 그것도 전공책은 하나 없이 전부 문학책. 수진아, 근 데…. 네가 치열하게 산다니까 뭔가 좀 쓸쓸하다. 너는 영원히 안 그렇게 살기를 바랐는데. 그냥 책 읽고, 기타 치고, 갑자기 스페 인도 갔다가, 어느 날은 제주도에 있고. 그렇게 살 줄 알았지. 작 가가 되었을 줄 알았지. 글은 이제 안 써? 회사원이 되어 있을 줄 은 몰랐네. 와, 겁나 서운해. 웃기지."

낭만적인 소리 하고 있네, 깔깔거리며 친구 등을 장난스레 두 드렸다. 매해 12월마다 한 번씩은 꼭 보자, 완벽한 진실도 완벽한 거짓도 아닌 약속을 마지막으로 집으로 돌아왔다.

　나의 울타리들, 삶은 참 알다 가도 모르는 것. 내가 많이 무거
워졌어. 내 몸 이쪽, 저쪽에 추들이 주렁주렁 달려버렸네. 날 듯
다니던 나의 발걸음에 벅찬 무게가 실려, 가는 걸음걸음마다 돌
이킬 수 없는 흔적이 잔뜩이야. 스페인은커녕 너희를 만나러 대
학로에 나오는 데도 십 년이 걸렸는걸.

　그때의 나를 기억해 줘서 고마워. 기억해 주는 너희가 있어서
그때의 나는 존재했던 어떤 것이 되어버렸어. 지금의 나를 서운
하다고 여겨줘서 고마워. 과거의 나를 조금도 바꾸고 싶지 않은
이유 중에 너희들이 들어 있어. 미처 전하지 못한 마음을 너희
들은 보지 못할 이곳에 비겁하게 전하며.

　나는 아직 그때의 나와 이별하지 않았다. 박수진 교향곡은 이
제 겨우 2악장. 썰물을 만나지 않을 밀물처럼 부단히 걷고 걸어
내가 다시 나를 만나게 되는 그날, 언젠가의 내가 그랬듯 지구
저편 어딘가의 우체국 소인이 찍힌 엽서를 그들에게 보내고 싶
다. 나의 울타리들에게, 하고 말이다. 그러기 위해서 오늘도,

감의 리즈 시절

올가을 두 번째 곶감을 말렸다. 찬 기운이 돌자마자 말린 첫 곶감은 지금 흔적도 없이 사라졌다. 곶감을 조물조물 마사지하며 맛있게 마르기를 격려하는 곶감 마사지 시간에 말 그대로 '곶감 빼 먹듯이' 곶감을, 빼, 먹었더니 곶감을 탕진해 버린 까닭이다. 역시 '곶감 빼 먹듯이'는 아주 리스크가 큰 소모임이 틀림이 없었다.

첫 번째로 말린 감은 둥시감이고, 새로 말릴 두 번째 감은 대봉감이다. 둥시감은 단감처럼 옆으로 동그랗고, 대봉감은 위엄 있는 대감 집 양반 나으리의 수염처럼 봉긋하다. 말끔하게 깎아 놓은 감은 꼭 목욕시켜 놓은 갓난아기 엉덩이처럼 뽀얗다. 보름달 같기도 하다. 둥실둥실. 거실에 달이 떠 있네. 감아, 넌 지금 이 리즈 시절이란다. 잊지 않기를 바라며.

달 이야기가 나와서 생각난 달과 관련된 일화가 있다.

아기들이 블록으로 계단 만들기 놀이를 하며 "엄마, 이 계단 정말 높지? 우리 이 계단 계속 높이높이 쌓으면 달까지 갈 수 있겠다! 토끼 만나러."라고 말하여

"그럼! 우리 높이높이 쌓아서 달나라에 토끼 만나러 가자. 찹쌀떡도 나눠 먹구. 그렇지, 오빠?" 했더니 옆에서 손톱을 깎고 있던 우리 신랑이 하시는 지극히도 지당하신 말씀은 다음과 같다.

"아니. 아기들도 알 건 알아야지. 걸어서 달까지 갈 수는 없어. 그건 중력이 있는 한 절대로 불가능해. 자, 만약 백만 번 양보해서 우리가 중력의 영향을 받지 않을 수 있는 상황이라 가정해 보자. 그. 래. 도. 불가능해. 왜냐, 태양에서 나오는 엄청난 우주 방사선을 인간은 견딜 수 없거든."

아, 나는 보았네. 실시간으로 사라지는 어린이의 꿈과 희망. 그리고 피어오르는 근원적이고도 거대한 상실감. 하지만, 아가들. 달까지 걸어서 갈 수는 없지만, 달까지 걸어갈 것처럼 살 수는 있어. 엄마랑 그렇게 살자. 어이, 거기. 체크무늬 남방 입은 조선의 실증주의자 양반. 내 당신도 인심 좋게 끼워주리다. 계단 만들 사람이 필요하긴 해서 말이지. 우린 걷기만 할 거거든.

각자 잘하는 일을 하는 것이 합리적이지 않겠어? 아무렴. 그렇고말고.

황희 정승도 제멋이 있지

말끔하게 깎아 놓은 감은 꼭 목욕시켜 놓은 갓난아기 엉덩이처럼 뽀얗다.

보름달 같기도 하다. 둥실둥실. 거실에 달이 떠 있네.

감아, 넌 지금이 리즈 시절이란다. 잊지 않기를 바라며.

회사에서 밥 먹듯이 '너 뭐 하니?' 소리를 듣는 요즈음. 울상을 하고 고민을 털어놓는 나에게 자상하기 그지없는 우리 신랑이 선사한 위로는 다음과 같다.

그래. 회사 일이 마음과 같지 않을 거야. 곶감 만드는 박수진 어디 가나. 회사에서도 낭만적으로 감 깎고 있겠지. 여부는 회사 실적 보고서에 리본 달아서 가져갈걸? 안 봐도 뻔하지 뭐.

좀 더 명확하게 이야기해 줄게. 예를 들어, 여부가 '김치 만들게 배추 좀 가져와 봐.'라는 지시를 받았다고 쳐보자. 근데 사실 지시 내리는 사람도 무슨 김치를 만들어야 하는지 잘 몰라. 왜냐면 그분도 누군가에게 다짜고짜 지시를 떠넘겨 받은 거거든. 일단 가져오는 배추를 보고 무슨 김치가 될지 고민해야 하니까 ASAP로 어떤 배추든 어서 빨리 가져오는 게 중요한 상황이란 말이야.

근데 우리 색시라면 분명 이러겠지. 어머나, 김치를 만들게 배추를 가져오라 하시네? 보자 보자. 여기엔 분명 숨겨진 아름다운 의미가 있을 거야. 아! 그 의미는 바로바로 농가 상생과 지역사회 발전을 위한 유기농 배추김치 담그기가 분명해! 이러면서 친환경 배추밭을 막 혼자 찾아가는 거야.

가는 길에 풀밭을 밟고 가야 하는데, 또 그 풀이 너무 가여워. 그래서 풀한테 막 인사하고 사과해. 풀아, 미안해. 내가 너를 밟아서 미안해. 손을 잡고 울어. 그러다 보니 또 나비가 있네? 나비가 추워 보여. 안쓰러운 나비한테 정성스레 목도리를 떠서 줘. 나비야, 안녕? 너를 만나서 반가워, 이러면서. 어찌어찌 겨우겨우 밭에 가. 가서 제일 안쓰러워 보이는 배추를 집에 고이 모셔 와. 이 배추는 내가 아니면 그 누구도 데려가지 않을 거야 하겠지.

그리고 목욕시켜. 뽀송뽀송 말끔하게. 로션도 발라. 베이비파우더 향 나는 걸로. 근데 아직도 뭔가 좀 허전해서 배추에 리본을 달아. 빨갛고 커다란 리본을 곱게 달고 선물 상자 안에 넣고.

그러고 있으니. 너 뭐 하냐? 소리를 들어, 안 들어. '너 뭐 하냐?' 정도면 아주 젠틀맨이시네. '조지 클루니'시네, 완전. 조지 클루니 님에게 내일 박카스 하나 가져다드려. 내 선물이라고. 배추에 리본 달고 다니는 우리 색시 때문에 고생이 정말 많으시다고.

가장 넓은 길은 언제나 내 마음속에

　아이들의 언어로 다시 이야기할 수 있을까. 청결한 마음, 그것만 담겨 있는 언어 말이다.

　어제 오랜만에 회사 유관부서 직원분들과 회식을 했다. 맛있는 음식을 먹는 것과는 별개로 큰 친분 없는 이들과의 식사는 녹록지 않다. 하지만 우리는 모두 멋쟁이 어른이다. 어색하지만 어색하지 않은 것처럼 보이는 나름의 기술들이 각자 연마되어 있다.

　우리는 적당히 웃기고 적당히 심각하고 적당히 세속적이면서 적당히 사회적인 대화를 익숙하게 고른다. 유머가 통할 것 같은 이를 골라 적당히 놀리고, 대화에 소외되어 보이는 이를 적당히 치켜세우며, 우리는 그렇게 적당히 침해하고, 적당히 침범받는다. 그렇다. 어른이 되었다는 뜻이다.

　아이들의 언어로 다시 이야기할 수 있을까. '적당히'라는 단어를 사전에 찾아보면 두 개의 뜻이 나온다.

1. 정도에 알맞게 2. 엇비슷하게 요령이 있게

어른이 된다는 것은 '적당히'란 단어의 뜻을 자주, 첫 번째보다는 두 번째의 의미로 사용하게 되는 것일지도 모르겠다.

매해 수능이 끝나면 올해의 수능시험 필적 확인 문구를 찾아본다. 큰 시험을 치를 학생들에게 어른의 마음으로 건넬 수 있는 제일 끝단의 응원을 읽으며, 적당한 요령꾼이 되어버린 어른의 나도 덩달아 응원받는다. 올해의 수능시험 필적 확인 문구를 남겨본다.

'가장 넓은 길은 언제나 내 마음속에'

양광모 시인의 문장이다.

황희 정승도 제멋이 있지

가장 넓은 길은 언제나 내 마음속에

황희 정승도 제멋이 있지

참을성과 다이슨

어느새 머리카락이 얼어 버리는 날씨가 도래했다. 아, 물론 머리카락을 완벽하게 말린 후 집 밖을 나선다면 아무런 문제가 되지 않겠지만, 나에겐 그럴 만한 참을성과 다이슨이 없다. 그렇다. 참을성보다 '다이슨 헤어드라이어'가 없는 것이다. 아마 참을성과 다이슨 모두를 갖춘 축복받은 분들은 경험하지 못하셨겠지만, 머리카락은 분명히 언다. 그리고 머리카락은 고드름처럼 똑, 하고 부러진다.

여자고등학교를 나온 나는 겨울이 오면 친구들과 긴 머리카락을 꽝꽝 얼려서 고드름처럼 똑, 똑 하고 부러뜨리며 아침 인사를 하곤 했다. 머리 고드름 이쁘게 달렸네, 하고 말이다. 똑, 하고 부러지는 머리 고드름의 소리. 두꺼운 머리 고드름은 부서지지 않고 마치 슬러시처럼 '스샤샤샤샤' 하고 흐트러졌다. 똑, 똑, 스샤샤샤샤, 내가 기억하는 겨울의 시작 소리다.

머리 고드름을 잘 만들었던 내 친구 R은 매일 아침 0교시 후 학교 화장실에서 큰일을 봤다.

"나 큰일 좀 보고 올게!" (매우 순화함)

큰 소리로 본인의 주요 업무를 호방하게 외치고 화장실을 갔던 R에게 반 친구들이

"아, R 진짜 더럽게!!!"라고 말하면 우리의 R은 대답했다.

"이런 애송이들을 봤나. 더러운 걸 배 속에 넣어 들고 다니는 너희가 더럽지, 바깥으로 빼내는 맑고 깨끗한 내가 더럽냐!"

회사에 가면 내 머리에 열린 고드름을 똑, 하고 따줄 친구가 없다. 본인의 주요 업무를 큰 소리로 외치는 R이 없다. 참을성과 다이슨과 R이 없는, 반갑고도 슬픈 머리 고드름의 날씨. 그리고 바야흐로 고과평가의 날씨.

황희 정승도 제멋이 있지

용진이 형 좋아요

서두른 겨울의 빼꼼, 멋쩍은 눈빛과 마주칠 때쯤이면 나는 늘
스타킹을 망설인다.

스타킹은 혈액순환을 저해하고 나의 오전 중 일 분 삼십 초라
는 시간을 낭비하게 하며 끊임없는 재구매를 유발한다, 는 이유
보다도 스타킹을 신지 않는 것은 다가올 완전무결한 겨울을 맞
이하는 나의 의리이자 예의이다.

계절이 바뀌고 해의 질량이 줄어들기 시작하면 우리 신랑의
에너자이틱한 면도 함께 소거되곤 한다. 가엽지만 마냥 가엽지
만은 않은 비타민 D가 결핍된 그의 무릎. 특히 자고 일어나면
'가엽지 않음 지수'가 증폭되는데, 주말에 낮잠 및 늦잠 및 쪽잠
등 약 28시간 정도에 해당하는 잠 패키지를 선물로 증정하여도
그가 깨어나면 제일 먼저 하는 이야기는 '잔 것 같지 않다.' 혹은

'잠을 설쳤다.'여서 뭔가 억울하다. 아니, 28시간 벌어진 나의 희생이 억울하다. 아름다운 우리말에는 이러한 상황을 완벽하게 구현해 내는 문장이 있다. 바로 '꼴 뵈기 싫음.'이다. (보기가 아닌 뵈기여야만 한다.)

결국 나는 특단의 조치를 취하게 된다.

"오빠, 모든 것은 마음의 문제라고. 마음의 문제. 마음먹기 나름이야. 응? 알겠지? 오빠는 늘 잘 잤고, 언제나 상쾌해. 알았지? 자, 따라 해 봐. 아, 잘 잤다. 아유, 상쾌하다. 야호, 좋은 아침이다!"

그리하여 요즘 우리 신랑은 아침에 일어날 때 "아이고, 상쾌하다. 아이고야, 잘 잤네! 아주 정말 푹 잤다!!!"라고 외치는데 어쩐지 나는 그의 외침이 조금 분노처럼 느껴진다.

모든 것은 마음의 문제. 마음이라. 가수 '아이유'의 〈마음을 드려요〉란 곡에 참으로 코스모스 같은 가사가 나온다.

'당신에게 드릴 게 없어서, 나의 마음을 드려요.'

그 부분을 따라 부르며 신랑에게 물었다.

"오빠, 내가 오빠에게 드릴 게 없어서 마음을 드린다면 어때?"

"그런 마음은 아이유가 줘도 안 받아."

"그럼, 누가 주는 마음은 받는데?"

"음…. 용진이 형의 마음쯤은 받아줄 만하네. 그 형 정도면 믿을 만하지."

무슨 마음을 기대하는 거냐. 참으로 다채로운 마음의 문제들.

마음이 바빠서 종종걸음을 친다. 한겨울이 들이닥치기 전 마무리해 놓아야 할 일들이 잇달아 쏟아졌기 때문이다.

일단 집에 겨울바람을 맞고 있는 해바라기의 씨를 전부 다 빼줘야 하고, 뺀 씨를 까서 볶아야 한다. 볶은 해바라기씨의 반은 바질페스토를, 반은 초콜릿 해바라기씨를 만들어야 한다. 12월이 되기 전에 꽃 시장에 가서 크리스마스 리스를 만들 재료들을 사와야 하고 또 리스를 만들어야 한다. 큰 거 두 개, 작은 거 세 개. 다 마른 곶감을 따 내리고, 새로 곶감 만들 감을 주문해야 한다. 그렇다. 그리고 다시 감을 깎고 말려야 하는 것이다. 아기들의 겨울용 동물 털장갑도 뜨고 있는데 아, 나는 아기가 또 두 명이네. 거참. 네 짝을 떠야 하는 기구한 나의 손가락. 겨우내 먹을 붕어빵 팥을 조려야 하는데 단팥은 이번에 그냥 살까. 단팥 정도는 그냥 사도 되겠지? 슈톨렌은 언제 만든담. 틈틈이 아기 엉덩이의 하트 점 생사 확인과 물구나무서기, 다리 찢기도 해야 하고 글도 써야 한다.

어쩐지 내 계획 속에는 이상적인 어른의 맵시가 없다. 수많은 계획 중에 삶에 현실적으로 이로운 일이 정녕 한 개도 없다는 것이 좀 멋쩍다. 하지 않아도 아무 일도 벌어지지 않는 놀랍도록 무용한 일들. 우리 신랑은 이렇게 중구난방으로 쓰이는 에너지를 하나로 모아 한군데로 집중하면 어마어마한 다이너마이트 같은 효과를 얻을 것이라고 한다. 그런데 오빠, 그건 오펜하이머 선생님이 오셔도 해결하지 못하실 문제야. 희망을 반드시 버려야 해.

하지 않아도 되는 일을 굳이 왜 하냐고 물으신다면. 삶에 별빛을 뿌리는 중이라고 답하겠어요.

나의 계획에 의구심이 들긴 하네. 이럴 시간에 엄마표 영어를 하거나 주식 리포트를 분석해서 가사에 보탬이 되는 것은 어떨지 잠시 생각해 봤지만, 아무래도 곶감을 말리는 편이 나에게 더 어울리는 삶인 것 같다.

황희 정승도 제멋이 있지

하지 않아도 되는 일을 굳이 왜 하냐고 물으신다면.
삶에 별빛을 뿌리는 중이라고 답하겠어요.

황희 정승도 제멋이 있지

보리차를 끓이며

주말의 부엌은 소란스럽다. 여러 번의 요리와 설거지를 겪고 평소보다 다소 피로해 보이는 주방을 깨끗하게 치우며, 마지막 루틴을 향해 경건하게 마음을 편다.

부엌과 나의 마지막 루틴은 바로 보리차를 끓이는 일. 파스타를 삶는 용도로 쓰이는 파스타 냄비는 보리차 끓이는 역할을 맡기기에 안성맞춤이다. 습관처럼 물을 마시는 우리 가족을 감당할 만큼 용량이 큰 이유도 있지만, 더 중요한 이유는 물이 끓는 것을 감상하기 좋게 모양새가 높고 깊다는 것이다.

물은 은하수로 끓는다. 저 아래 깊은 곳에서 작고 엷은 것이 반짝이며 하나, 둘 올라온다. 반짝이는 것들이 무수해져 은하수가 될 무렵, 반짝임은 체리 씨앗으로 커지고 체리 씨앗은 얼만치 보글거리다, 탱탱볼이 되어 탱글탱글 튀어 다닌다. 물방울이 탱탱볼이 되어 밖으로 튀어나올 정도로 힘이 세지면 불을 끄고 보리 티백을 넣는다. 낱개로 튀어 오르던 별들이 모여 거대한 블랙홀의 소용돌이를 만드는 과정을 보는 기쁨이란.

나에게 보리차를 끓이는 행위는 우주를 그리는 행위와 다르지 않다.

뜨거운 냄비 뚜껑을 열어 튼튼한 머그잔으로 우물물을 퍼내듯 듬뿍 첫 잔을 퍼낸다. 그리곤 좋아하는 자리에 앉아 따뜻한 보리차가 담긴 찻잔을 왼쪽 심장에 가만히 대본다. 아, 따뜻해.
나의 우주는 오늘도 그 자리에서 따뜻하다.

나에게 보리차를 끓이는 행위는
우주를 그리는 행위와 다르지 않다.

5점 만점 붕어빵

개나리의 혹시

　우리에게 사계절이 있다는 것. 봄은 상냥하고, 여름은 씩씩하며, 가을은 청아하다고 느낄 수 있다는 것. 그리고, 눈 오는 크리스마스를 기대할 수 있다는 것.

　꽃 시장에 가서 크리스마스 리스용 생화를 사와 리스를 만들었다. 꽃의 성품은 몹시도 인자하다. 엉터리 솜씨도 눈감아 주고, 특별한 방법 없이 자르고 묶고 엮으면 누구에게나 공평하게 기쁨을 선사한다. 리스를 만들고 남은 꽃들은 대충 이렇게 저렇게 꽃다발처럼 묶어 현관에도 걸어두고, 화병에도 꽂아주었다.

　리스를 만들며 아기들과 여름 나라의 크리스마스 이야기를 했다. 아기들은 산타할아버지 옷이 털옷이기 때문에 여름 나라엔 가실 수 없을 테니 여름 나라의 어린이들은 속상할 것 같다고 이야기했다. 산타할아버지 썰매에는 에어컨이 장착돼 있고, 옷의 털은 사실 떼었다 붙였다 할 수 있기 때문에 걱정하지 않아도 된다고 다독였다.

"우리나라도 겨울이 없어질지도 모른대!" 요즘 학교에서 환경에 관해 자주 배우는 아기들의 천진난만한 정보를 들으며 그래도 겨울은 굳건히 우리 곁에 있을 거야, 대답해 주었다.

'설마 설마' 하던 일은 역시나 일어나고, '혹시 혹시' 하던 일은 역시나 일어나지 않는다는 것을 알아버렸음에도 자주 설마, 하고 뛰어넘고 혹시, 하고 기대한다. 설마와 혹시에는 빛깔이 다른 믿음이 들어 있다.

올 한 해 우리나라 열두 달 중 여덟 달이 월 최고 기온을 갈아치웠다는 뉴스를 봤다. 5월의 강원도는 한낮 기온이 35.5도까지 올랐다고 한다. 며칠 전 출근길에는 목련 나무에 꽃봉오리가 맺힌 것을 보았는데, 그렇다. 설마, 했다. 그런데 오늘, 개나리가 피었단다. 만개했단다. 추웠다가 따뜻해진 날씨만 믿고 봄이라고 계절을 착각했단다.

식물을 키우는 사람들은 안다. 봄에 꽃을 피우기 위해 개나리는 세 계절을 매일 같이 같은 마음으로 기다린다. 봄이 줄 알고 피어난 아기 개나리. 개나리도 '설마 설마' 하며 '혹시 혹시' 했었을까. 성실한 아기 개나리는 피어나 보니 이제야 겨우 겨울의 초입인 것을 알고는 더 이상 피어 있을 수도 없고, 그렇다고 처연하게 질 수도 없어 무색해하고 있을 것이다.

개나리의 '혹시'에게는 죄가 없다. 그렇다. 모든 탓은 우리에게 있다.
크리스마스 리스에 개나리와 진달래를 꽂아야 할 날이 정말로 올지도 모르겠다.

황희 정승도 제멋이 있지

식물을 키우는 사람들은 안다.
봄에 꽃을 피우기 위해 개나리는
세 계절을 매일 같이 같은 마음으로 기다린다.

오, 아름다운 월요일

월요일 아침은 성실히도 찾아온다. 비가 내려 어둑한 바깥을 등에 지고 아기들과 오랫동안 침대 안에서 아무 말 대잔치를 하며 월요일 아침을 외면했다. 방과 후 요리 교실에서 크리스마스 케이크를 만들었으면 좋겠다고 이야기했다(선생님 계획 없음). 아기들은 트리 모양이 좋을 것 같다고 했고, 나는 산타 할아버지 모자 모양이 좋을 것 같다고 대답했다(선생님 계획 없음). 모자는 딸기가 아닌 수박을 재료로 사용하여 만들기로 했는데 요리 선생님이라면 한겨울에 수박을 구해오는 것쯤은 가뿐하실지 모른다, 응원했다(선생님 동절). 그렇다. 아기들도 엄마를 닮아서 아무 말이나 떠들어 재끼는 것을 좋아한다. 그리고, 모든 일에는 대가가 따르나니. 평소 집에서 나오던 시간보다 8분을 늦게 나와 버렸다.

출근길에는 시계가 없어도 시계 역할을 해주는 것들이 있는

데 첫째는 라디오이고 둘째는 버스정류장의 사람들이다. 첫 번째 나의 시계인 '출발 FM과 함께'의 이재후 아나운서가 '오늘의 명언'을 할 때는 8시 1분에서 3분 사이다. '출발 퀴즈'를 진행하는 시간은 보통 8시 10분에서 15분 사이. '3분 백과'를 진행하는 시간은 8시 15분에서 20분 사이. '3분 백과'가 끝나기 전 버스에서 내리는 것이 매일 아침 나의 진지한 1차 목표이다.

두 번째 나의 시계는 늘 버스정류장에 서 계시는 50대 베이지색 머플러 남성분, 20대 단발머리 여성분 그리고 30대 포마드 머리 남성분이다. 그들을 보며 음, 오늘도 늦지 않았군, 안도하며 마음속으로 동병상련의 안녕을 빌곤 하는데. 오늘 내가 분명히 8분을 늦게 나왔음에도 불구하고 세 분 모두 정류장에 계셨다. 반갑고도 의아한 마음이 들었다. 그러다 왠지 이유를 알 것 같아서 세 분의 뒷모습을 바라보며 뿌듯한 미소를 지었다.

이 세 분도 월요일 아침에 비가 오면 지각이 염려되어 5분 일찍 집을 나서는 따박따박한 인간상이 아닌 것이다. 월요일 아침에 비라니, 한탄하며 한참 발을 꼬물거리고, 옆의 누군가와 공중에 흩어져도 아무 상관 없는 아무 말들을 떠들어 재끼다가, 8분을 늦게 나와버리는 재질의 풍요로운 인간상인 것이다. 아,

참으로 귀여운 우리 인간들.

맞춤 맞게 라디오에서 영화 〈인생은 아름다워〉의 수록곡인
〈La vita e bella(인생은 아름다워)〉가 흘러나왔다. 버스는 귀여운
인간들을 잔뜩 싣고 비 오는 월요일쯤은 문제가 되지 않는다는
듯이 총알택시처럼 달렸다. '3분 백과'가 끝나기 전, 버스에서 내
리는 1차 목표를 이뤘다. 그렇다. 정시 출근이다. 오, 아름다운
월요일.

황희 정승도 제멋이 있지

플라토닉 미용실

어제 미용실에 갔다. 머리카락이 적당한 길이로 잘리고 모양새 좋게 매만져지는 과정을 지켜보는 일은 언제나 상쾌한데, 그보다 커다란 미용실 방문의 기쁨은 다양한 잡지책을 읽을 수 있다는 것이다. 학창 시절 나는 〈엘르〉, 〈보그〉, 〈에꼴〉, 〈신디 더 퍼키〉 등 월간 잡지가 출시되는 날이면 친구들과 서점으로 달려가곤 했다. 잡지책을 진중하게 훑어보고 마음에 드는 화보가 있는 아이를 골라 교복 주머니 속의 꼬깃꼬깃한 쌈짓돈으로 구매한 후, 필통 커버나 교과서 커버 따위를 만들곤 했었는데, 지금은 잡지책도, 그때의 나도 많이 희미해져 귀하게 느껴진다. 어제의 2023년 12월호 〈엘르〉에는 극 중에서 마에스트로로 변신한 배우 '이영애'의 인터뷰 지면과 '빼앗긴 집중력'에 관한 칼럼이 있었고, 커피랑 잘 어울리는 과자를 먹으며 즐겁게 읽었다.

지금 미용실 원장님께 머리를 맡긴 지도 십 년째라 나의 이런 성향을 잘 아시는 원장님은 내가 자리에 앉으면 "잡지책 드릴까요? 글씨 많은 걸로 두 권?"이라고 말하신다. 십 년 전 당시 구 남친(현 신랑)과 미용실도 같이 다니고 싶은 마음에 적절한 지역에서 새로운 미용실을 찾다가 명동 대형 프랜차이즈 미용실에 예약 없이 방문했는데, 그때 지금의 원장님을 만났다. 원장님은 당시 가슴에 이름표도 달지 못한 채로 예약 없이 방문하는 일회용 손님 전문의 수습 디자이너였다. 머리 손질을 마치고 계산대에서 비용을 설명하며 그녀는 개미만 한 목소리로 읊조렸다. "저…. VIP 회원으로 정액 결제 50만 원 하시면 55만 원을 충전해 드리고요. 클리닉 1회를 무료로 해드려요…."

그날부터 지금까지다. 수습 디자이너 선생님은 경쟁사 프랜차이즈 미용실의 실장으로, 새로 오픈하는 미용실의 부원장으로 그리고 지금은 아현동 근처 아파트 단지에 미용실을 오픈하여 원장님이 되셨고, 나는 원장님을 따라서 이곳저곳에서 VIP 회원이 되었다. 세월은 공평하게 흐른다. 그동안 나는 결혼을 하고 쌍둥이를 낳고 어느 만치 주름이 잡힌 40대를 목전에 앞둔 아줌마가 되었고, 원장님은 이제 나와 우리 신랑, 나의 딸과 아들 모두의 머리를 집도하신다.

원장님과 나는 삶의 일부분을 걸친 채 살아간다. 없어도 그만인 관계이지만 없어도 그만인 것을 없애지 않는 것이 나를 가치 있게 만들어 준다. 그렇다고 나랑 원장님이 만나면 속 깊은 대화를 한다거나 혹은 깊지 않은 대화라도 봇물 터지듯 즐겁게 나눌 것이라는 오해는 금물. 우리는 첫눈에 알아봤다. 서로가 '슈퍼 샤이 펄슨super shy person'이라는 것을. 우리는 서로를 만나면 침묵을 동반한 플라토닉형 관계를 즐기며 치유한다.

내가 몇 번 머리 스타일로 신랑을 놀라게 한 전적이 있어서 신랑은 내가 미용실에 다녀왔다고 하면 한껏 긴장한다. 어제도 신랑에게 "오빠, 나 머리 잘랐어."라고 전화를 걸었더니 우리 신랑 두려워하며 하는 말. "스… 스포츠머리는… 아니지?"

스포츠머리는 아니야. 아직은.

아기들에게 쥬만지 그림책을 읽어줬다. 〈쥬만지〉는 어렸을 적 나에게 '조마조마'라는 단어를 처음으로 온전히 느끼게 한 영화였다고 기억한다. 아기들을 통해 어린 시절 나를 다시 만났다. 아기들은 벽을 뚫고 나오는 코뿔소를 보며 눈을 가렸고 식탁 위에 올라가 그릇을 마구 깨뜨리는 원숭이 떼나 요괴처럼 변하는 등장인물을 보고 소리를 질렀다. 순수한 무서움이다. 귀엽고도 성이 납다.

얼마 전 새벽, 아들은 자는 나를 깨우며 무서운 꿈을 꿔서 다시 잠을 이루기 어렵다고 했다. 무슨 꿈인지 물으니 너무 무서워서 말을 꺼낼 수조차 없다고 울먹이는 아이를 품 안에서 도닥이며 아침이 밝길 기다렸다. 다음 날 평온해진 아이에게 무슨 꿈을 꿨는지 살며시 물으니 "말을 할 줄 아는 사자가 내 뒤를 마 쫓아왔는데 그 사자가 자기 뒤에 친구 열두 마리가 더 있다고 하는 거야! 그래서 어어어엄청 무서웠지!"라고 대답해 나를 안심케 했다.

아기들의 무서움의 결이 내내 지금과 같기를 바란다. 아기들의 무서움이 삶을 건드리지 않고 오래도록 환상을 건드리기를 바란다. 지금의 나는 아무리 무서운 악당을 상상해도 무섭지 않고 웃기다. 할머니로 변신한 호랑이 손의 수북한 털이 귀엽고, 혹부리 영감에게 혹을 달아주려고 다락방에 숨어 있는 도깨비가 처량하다. 어린 시절 내가 무서워 마지않던 빨간 마스크를 길거리에서 만난다면 이제는 '친구, 세상이 많이 변했어. 트레이드 마크를 좀 바꾸는 게 어떨까? 아무도 무서워하지 않는 건 자네 자존심이 허락지 않을 것 같은데.'라고 말해주고 싶다.

어른의 무서움은 소원과 같은 페이지에 적혀 있다. 잃고 싶지 않고 영영 곁에 있길 바라는 것에 꿰어 있다. 가족, 건강, 친구, 사랑 그리고 돈. 가끔 소원을 빌어야 하는 상황들이 오면 머릿속이 복잡해진다. 소원은 최대한 간결하고 정확하게 빌어야 이루어질 확률이 높아진다는 속설을 되뇔수록 더욱 주저하게 되곤 한다. 화끈한 우리 신랑에게 소원이 무어냐 물어봤다.

"오빠는 소원이 뭐야?"

"통일."

"아니 진짜로."

"그래 진짜로."

"왜?"

"통일은, 대박이야."

"…왜?"

"대한민국은 섬나라에서 진정한 대륙 국가로 자리매김할 수 있게 되지. 고속도로 · 철도를 신의주까지 확장하면서 도로 인프라 공사하며 현대건설, 삼성물산 돈 벌어 개이득. 2,500만 명의 북한 주민이 초코파이 먹을 거고, 햇반 먹을 거고, 갤럭시 쓸 거고, SKT와 KT는 통신사 경쟁할 거고. 평양, 개성 함흥엔 이마트 들어서고, 대한통운, 쿠팡은 북한 곳곳에 물류 활성화를 위해서 투자할 거고. 돈은 어디서 나오냐고? 북한 광산 채굴권이나 인프라 운영권으로. 또, 두만강 변의 러시아와 직접 교류할 수 있어서 극동 러시아 투자 기회도 획득하고, 개발 주도도 하고, 여기서 나오는 가스, 석유를 남한과 북한으로 직배송할 수 있으니 개이득. 또…. (이하 생략. 우리나라가 잘 살아야 우리 아기들이 잘 산다고 말씀하고 계시는 중입니다.)"

　　　　　　　황희 정승도 제멋이 있지

오늘 아침, 뉴스 영상을 본 딸이 나를 부른다. 몹시 놀란 눈치다.

"어… 엄마…."

"응, 진아 무슨 일 있어?"

"도둑이, 도둑이…. 그냥 사람이었어…!"

"응? 도둑은 당연히 사람이지."

"아니 그게 아니라, 그냥 우리 같은, 우리랑 똑같은 사람이었어. 나는 도둑은 이렇게 검정 가면도 쓰고 검은색 큰 자루도 매고 지붕을 뛰어다니는 줄 알았는데, 그래서 도둑을 만나면 도둑이야! 하면 되는 줄 알았는데, 도둑이 우리 같은 사람이면 아무나 다 도둑일 수 있다는 거잖아."

옆에 있는 사람이 도둑일지도 모르는 세상. 수시로 도둑을, 아니 우리 같은 평범한 사람을 의심하고 두려워해야 할지도 모르는 세상. 아, 나의 아기가 오늘 또 하나의 판도라 상자를 열어 버렸네.

아기들의 무서움의 결이 내내 지금과 같기를 바란다.

아기들의 무서움이 삶을 건드리지 않고 오래도록 환상을 건드리기를 바란다.

황희 정승도 제멋이 있지

행성을 지켜라

지난주의 신랑으로부터 선물이 도착했다. 제주도에 간 그에게 나 대신 크리스마스 박물관에서 열리는 크리스마스 마켓에 들러 눈 호강을 부탁하였었는데 아마도 본인을 제주도로 던져 준 나의 성은이 황송하고 망극했나 보다. 선물은 나를 위한 크리스마스 에일맥주 3병, 크리스마스 뱅쇼 6병과 아기들을 위한 어드밴트 캘린더(초콜릿 달력)이다. 술꾼 색시에게 맞춤 맞게 이로운 선물이 아닐 수 없다. 에일맥주는 벨기에 수도원에서 한정된 수량으로 만들었고 와인처럼 시간이 흐를수록 맛이 깊어져서 한 병은 이번 크리스마스에, 또 한 병은 내년 크리스마스에, 마지막 한 병은 내후년 크리스마스에 먹어야 한다는 사장님의 설명을 자랑스레 옮기는 게 몹시 귀여웠다. 아마도 42살 중 제일 귀여운 사람일 것이라 장담한다. 뱅쇼는 무알코올과 알코올이 있었지만, 특별히 나를 위해 알코올을 선택했다는 기특한 발언도 함께였다.

신랑은 매해 두 번씩 혼자 제주도에 간다. 가서 올레길을 걷는다. 내가 선동한 일이며 3년째이다. 나는 주제 파악을 잘하는 사람이다. 긍정으로 견인하여, 스스로 행복해지는 방법을 잘 아는 사람이다. 울적한 마음이 피어오르면 마음을 꺼내 깨끗하게 편다. 달리고, 음악을 듣고, 산에 오르고, 곶감을 만들고, 뜨개질한다. 새벽에 일어나 산에 오르며 하루치 행복을 가득 채우고 시작하는 것도 같은 이치이다. 나에겐 까먹을 행복이 이미 이만큼 저장돼 있다고! 덤벼라, 세상아!

신랑은 그 반대이다. 스스로 빛을 내지 못한다. 내가 항성이라면 그는 행성이다. 같이 삶을 살다 보니 나의 그는 생각보다 훨씬 더 실용적인 인간이었다. 실용 외의 것을 하며 시간을 보내는 방법을 모르는 사람이었고 그래서 자주 스스로를 구덩이 속에 넣었다. 또한 매우 열심히 일한다. 회사에서 한 자세로 오래 앉아 있어서 욕창 생겨본 사람 나와 보라 그래. 우리 신랑 하나지. 그때 우리 신랑 나를 붙잡고 "여부…. 내 살이 썩어 들어가나 봐…." 하며 그 큰 덩치로 (거의) 울었다고요.

아침 6시 30분에 출근하여 10시가 넘어야 퇴근하는 신랑은

황희 정승도 제맛이 있지

집에 돌아오면서 본인의 모드를 회사의 이 부장 모드에서 박수진의 신랑 모드로 전환한다. 3년 전 신랑의 모드 전환이 점점 버거워진다고 느꼈던 어느 날, 제주도행 비행기 티켓을 건넸다. 처음에 그는 완강히 거절했다. 혼자 여행을 가본 적도 없고, 가서 뭘 하며 시간을 보내야 할지 모르겠다고 말했다. 나는 그에게 뭔가를 하려고 하지 말고 그냥 경치나 보고 산책이나 하라며 아무것도 하지 않는 것, 바로 그것이 이번 여행의 목적이라고 답했다. 올레길 7코스를 일단 갔다만 오라고 나답지 않게 단호한 명령을 했다. 그때의 나에게는 그것이 그를 지키는 사명감이었다.

이번까지 우리 신랑은 약 20개의 올레길 코스 중 절반을 걸었다. 한번은 한라산에 올라갔다. 올레길로 제주 한 바퀴를 도는 것이 본인의 신나고도 무용한 목표가 되었다. 아마 신랑 인생 최초의 무용한 목표일 것이다. 무용한 목표를 다짐하고 공표하는 그는 그 어느 때보다 행복해 보였다. 쓸모없는 일을 하는 기쁨을 옮기는 것, 내 결혼 생활의 가장 큰 도달점이다.

신랑은 제주도에서 돌아오는 면세점에서 꼭 향수를 사 온다. 매번 다디단 꽃향기가 나는 향수이다. 나에게 제일 잘 어울리는 향을 골랐다고 말하는 그의 얼굴엔 뿌듯함이 맺혀 있다. 그에게 언제까지라도 제일 단 사람이 되어주고 싶다고 생각한다. 인생은 자주 예상만큼 쓰고, 때때로 예상보다 기어코 더, 쓸 테니 말이다.

5점 만점 붕어빵_입동

그에게 언제까지라도 제일 단 사람이 되어주고 싶다고 생각한다.

인생은 자주 에상만큼 쓰고, 때때로 예상보다 기어코 더, 쓸 테니 말이다.

황희 정승도 제멋이 있지

5점 만점 붕어빵

　손이 시려워, 꽁! 발이 시려워, 꽁!

　심장과 가장 먼 신체 부위인 손과 발이 제일 먼저 알아차리는 겨울의 열심. 그리고 겨울의 '꽁!' 그래서인지 '꽁'을 발음할 때는 두 손을 심장 쪽으로 모아주는 성의를 보여야 할 것 같다. 자, 다 같이 이렇게. 두 손을 심장 앞에서 꼭 쥐고, 꽁!

　출근길, 두꺼운 옷으로 단단히 무장했는데도 여간 추운 게 아니다. 버스정류장에 거의 다다른 7016번 버스를 타기 위해 간밤에 내린 눈이 얼은 빙판길을 종종걸음으로 뛰었다. 두 번쯤 미끄러지며 겨우 올라탄 버스에는 나같이 패딩 입은 꿀벌들이 잔뜩. 바닥은 진득진득. 겨우 안쪽으로 손질해 말려둔 머리카락은 버스정류장으로 달려오며 정통으로 맞은 바람의 형태로 뒤집혀 있고 덜 마른 곳은 얼어 있다.

뚜벅이들은 계절을 통째로 맞는다. 그것이 여한 없는 기쁨이다가도 어떤 날엔 조금 심술이 난다. 보통 궂은 날 지각을 획득한 출근길이 그러하다. (옳다구나 내 탓이로구나!) 나도 우아하게 차를 타고 출근하고 싶다. 정전기를 동반한 눈사람처럼 두꺼운 옷이 아닌 귀티 나고 얇디얇은 캐시미어 코트를 걸쳐 입고 아침에 하고 나온 그대로 잘 정돈돼 있는 머리모양으로 또각또각 소리가 나는 구두를 신은 채 회사 출입문을 열고 싶다. 차가 신랑 차와 내 차 두 대였으면 싶다. 기름값이 아깝지 않고 싶다. 아니, 기름이 필요 없는 전기차이면 금상첨화. 주차장이 좁은 회사 건물에는 주차가 어려우니 월 주차가 가능한 옆 건물에 월 주차 결제하는 것이 아깝지 않고 싶다, 고 생각하다가.

며칠 전, 몹시 추웠던 일요일이 떠올랐다.

신랑과 라디오를 듣던 중에

"올해는 당신에게 몇 점의 해인가요. 5점 만점 중에 말이에요."라는 디제이의 멘트를 듣고 신랑이 나에게 "올해는 여부에게 몇 점짜리 해야?"라고 물어 "올해는 나에게 4.5점이야. 0.5점은 아직 올겨울 첫 붕어빵을 먹지 못해서 뺐지. 오늘 만약에 붕어빵을 먹게 되면 올해는 나에게 5점 만점이야!"라고 대답했었다.

한낮 온도도 영하 10도 가까이 내려가는 강추위의 날이었다. 나에게 5점 만점의 2023년을 만들어 주려고 신랑은 붕어빵 트럭 찾는 앱을 받아 이곳저곳을 뒤지고 왔지만 허탕이었다. 그는 나를 다독이며 이렇게 추운데 붕어빵을 사 먹으려는 건 아무래도 우리 욕심인 것 같다고 말했다.

그런데, 아이들과 도서관에 갔다가 돌아오는 길에 마법처럼 붕어빵 트럭을 발견했다. 어서 빨리 붕어빵을 먹고 싶다는 마음과 이 추위에 트럭 위에서 같은 자세로 온종일 추위를 견디고 계실 사장님에 대한 안쓰러움 그리고 미안한 마음이 동시에 들었다. 사장님께

"사장님, 이렇게 날이 추운데 어떻게 나오셨어요?"라고 여쭈니

"부자 돼야지요. 부자 되려고 나왔지요. 돈 많이 벌어서 트럭 말고 승용차 타고 우리 마나님이랑 방방곡곡 여행 다녀야지요." 라셨다.

사장님께 꼭 부자 되실 거라고, 이 추위에 이렇게 성실하신데 꼭 부자 되실 거라고 말하고 따끈한 붕어빵을 가슴에 안고 걷다가 다시 사장님께 돌아가 말했다.

"사장님, 제가 오늘 붕어빵만 먹을 수 있으면 올 한 해가 최고의 해가 될 것 같다고 생각했거든요. 사장님이 저의 올해를 최고의 해로 만들어 주셨어요. 그러니 올해 남은 제 행운 다 가져가시고 부자 되세요."

계절을 성실하게 통째로 맞는 붕어빵 사장님의 반짝이는 승용차를 떠올리니 살그머니 마음이 간지러워졌다.

그리고 또 한 명이 떠올랐다. 내 친구 썸머. 추위를 아주 많이 타는 썸머. 하지만 '동물털 충전재 패딩 점퍼'를 입지 않는 썸머. 한겨울에도 패딩 점퍼 대신 무거운 코트를 두세 개씩 겹쳐 입고 다녀 늘 어깨가 무거운, 동물을 사랑하는 썸머. 코트에 항상 동물들 털을 묻히고 다니는 썸머. 나는 못 하는 많은 것들을 씩씩하게 하는 썸머.

추위는 이렇게나 공명정대하다. 애석하게 공평하지만 공평해서 다채롭고, 다채로워서 아름답다. 계절을 통째로 맞는 사람들이 태우는 추위가 연료가 되어 우리의 겨울 한편을 따뜻하게 데워주고 있다.

추위는 이렇게나 공명정대하다.

애석하게 공평하지만 공평해서 다채롭고, 다채로워서 아름답다.

설국

크리스마스이브의 터널을 빠져나오자, 설국이었다.

눈은 새벽에 다녀간 아빠 산타의 발자국을 흔적 없이 덮고도 아기 손바닥만큼이나 더 쌓여 있었다. 우리 집은 언덕 꼭대기에 있어서 눈이 많이 오는 날이면 눈으로 만든 철옹성에 갇혀버린다. 외출하려면 눈을 치워야 하고, 길을 내야 하고, 넘어지지 않게 뒤뚱거려야 하고, 기어코 넘어지고 싶어 하는 아기들을 면밀히 감시해야 한다. "오늘 우리 종일 집에서 뒹굴뒹굴하는 뒹굴 크리스마스 할까?" 조심스레 아기들의 의견을 물었더니 단박에 "엄마, 너무너무 너~무 좋아!"라고 한다. 싫다고 말해주기를 은근히 바랐던 건 오히려 나였다. 뒤통수가 따끔했다.

딸아이는 점퍼를 걸치고 집 앞에 눈을 쓸러 나갔다. 이따가 엄마가 치울 테니 그냥 두라고 하니 "엄마, 나는 눈 치우는 게 너무 재밌어. 엄마는 안 재밌어?"라며 콧노래를 부른다. 얕은 목

황희 정승도 제멋이 있지

감기가 온 아들에게 아기용 감기약이 없어서 아직 못 삼키는 알약 캡슐을 열어 약 가루를 우유에 섞어줬다. 내가 생각해도 영맛이 빵점일 것 같은 것을 겸연쩍게 건네고 아들에게 "엄마가 내일은 아기 약 꼭 사 올게."라고 말하니 "엄마! 우유에 약을 타니까 꼭 투게더 아이스크림 맛이 나는데? 이것도 괜찮아." 한다.

마음 한구석이 따끔했다.

전날 영하 18도의 평창에서 아기들은 스키 강습을 받았다. 두 달 전에 강습 예약해 놓은 나답지 않은 부지런 탓이었다. 나답지 않음은 늘 탈을 부르지. 암. 일주일 전부터 날씨 예보 속의 평창이 영하 18도가 되었다가, 17도가 되었다가, 19도가 되었다가, 다시 18도가 되는 것을 보며 영하 19도보다는 18도가 그나마 낫다, 고 의미 없는 이야기를 신랑과 주고받았다. 강습 당일 아침 9시에 영하 16도를 가리키는 온도계를 보고 잔뜩 염려하고 있는 나에게 아기들은

"엄마가 해야 하는 건 생각하지 말고 그냥 하는 거라며. 그냥 해볼게. 영하 18도보다는 안 춥네, 뭘." 하며 씩씩하게 강습장으로 들어갔다. 아기들은 나를 앞으로 나아가게 한다.

이장욱의 책 『트로츠키와 야생란』을 마무리했다. 하루 종일 사랑해 마지않는 라디오를 들으며 스웨덴의, 요요마의, 영국 BBC의, 유럽체임버오케스트라의, 룰라의, 심형래의, 머라이어 캐리의 캐럴을 듣는 사치를 했다. 외식할 줄 알고 비워둔 냉장고 구석에서 소시지와 파프리카를 꺼내 얼렁뚱땅 나폴리탄 파스타를 만들어 먹었다. 뜨거운 커피가 담긴 컵을 눈 속에 넣어 아이스커피로 만들어 마셨다. 눈사람을 만들고, 〈해리포터〉를 보고, 저녁에는 된장찌개에 할아버지 발꼬락 냄새가 나는 위스키 '아드벡'을 신랑과 딱 한 잔 나눠 마셨다.

크리스마스이브의 터널을 빠져나오자 설국이었고, 덕분에 견고하고도 그윽한 크리스마스를 보냈다. 크리스마스 경험치를 레벨 업 시킨 뒹굴 크리스마스. 더 나은 인간으로 진화하고 싶은 이유는 단연코 나의 아기들이다.

황희 정승도 제멋이 있지

더 나은 인간으로 진화하고 싶은 이유는 단연코 나의 아기들이다.

고양이의 눈에는 달이 떠 있다 1

지난 주말, 마트 반려묘 코너에 갔다. 연어가 좋을까, 닭고기가 좋을까, 아니면 참치? 별것 아닌데 괜히 고민되네, 하며 한참을 망설이고 있으니 어김없이 마트 점원이 오셨다.

"고양이 키우시나 봐요."

"아, 키우지는 않는데 매일 놀러 와요."

"그럼 키우시는 거 맞네요!"

"키우는 건 아닌 것 같아요. 오고 싶을 때 오고 가고 싶을 때 가서…."

"에이, 키우시는 거예요. 고양이 종류가 뭐예요? 종류마다 좋아하는 게 달라서 추천해 드릴게요."

"음…. 약간 얼룩말? 느낌인데 조금 호랑이 무늬 같기도 하고 되게 귀엽게 생겼는데요. 아, 여기 사진 보여드릴게요."

"코리안 쇼트헤어네요."

"오! 종 이름이 그랬군요."

"아니요. 그냥 길고양이라고요."

"아닌데…. 그냥 길고양이 아닌데. 엄청 귀여운데요…. 토끼 같은데…."

동네 친구 오레오를 처음 만난 건 작년 2월이다. 2월답지 않게 햇살이 따뜻하고 바람이 나긋한 겨울의 어느 날, 내 달아 두었던 화단 문을 열어보니 고양이 한 마리가 앉아 있었다. 물론 고양이는 나와 눈을 마주치기 무섭게 달아나 버렸고, 달아나는 고양이의 뒷모습을 보며 '저 고양이는 꼬리가 잘렸네.'라고 생각했다. 고양이가 많은 동네라 대수롭지 않게 여기며 넘어갔었는데, 봄이 되고 화단 문을 열어 놓는 일이 일상화되면서 꼬리 잘린 고양이는 본격적으로 우리 삶에 끼어들기 시작했다.

우리 가족은 오랜 세월을 강아지와 함께 보냈다. 17년을 갈색 푸들과 8년을 포메라니안과 함께했고 두 마리가 무지개다리를 건넌 후 다시는 동물을 키우지 않겠다고 다짐했다. 만약 다시 동물과 함께 세월을 보내게 되더라도 고양이는 아니었다. 고양이를 보면 언제나 발톱과 이빨을 숨기고 있을 것 같은 까닭 모를 두려움이 있었다. 또, 강아지에게 있는 웃는 표정이 고양이에게는 없었다. 내가 생각하는 고양이의 표정은 단 두 개였다. 무표정하거나, 화를 내거나. 나는 나를 보면 달려와 주는 강아지가 좋았다. 나를 보고 도망가는 고양이를 보면 외면받는 것 같아 겸연쩍어졌다. 동그란 마음을 주면 그 마음을 온전히 받지 않고 손톱으로 터트려 무효로 만들어 버릴 것만 같았다.

꼬리 잘린 고양이는 우리 집 화단에 앉아 있다가 우리가 화단으로 나가면 저 멀리 도망갔다. '도망갈 거면 도대체 왜 여기 있는 거지?' 고양이에 대해 무지했던 우리는 이해할 수 없는 고양이의 습성이었다. 고양이는 아주 멀리 갈 것처럼 뒤도 안 돌아보고 가다가도 우리가 잠시 딴짓하다 쳐다보면 아까 그 자리에 고요히 앉아 있었다. 한동안 그런 날들이 계속되었다. 고양이는 우리가 없기를 바라는 것 같다가도 우리가 있기를 바라는 것 같았다. 기묘한 아이였다.

고양이가 화단에 앉아 있으면 밖으로 나가지 않고 집 안에서 가만히 바라보게 되었다. 검은색과 흰색의 털이 섞여 있는 아이에게 '오레오'라는 이름을 붙여주었다. 하얀색 장화를 신은 것

황희 정승도 제멋이 있지

같은 발이 귀여웠다. 오레오의 꼬리는 잘린 것이 아니라 엄마 배 속에 있을 때 영양분을 충분히 받지 못해 자라지 못한 것임을 알았다. 가여웠다.

오레오가 눈을 깜빡이는 모습을 오래도록 바라보았다. 천천히 깜빡이는 눈 속에는 눈동자가 달처럼 떠 있었다. 오레오의 눈동자는 낮에는 초승달 모양이었다가 밤에는 보름달이 되었다. 무언가를 먹이고 싶은 생각에 인터넷에 검색해 보니 길고양이들은 먹을 것도 부족하지만 그보다 신선한 물이 더 부족하다는 정보를 봤다. 그릇에 물을 담아 오레오에게 내어주었다. 오레오는 저만치 물러섰다가 우리가 이만치 물러나니 다시 돌아와 물을 마셨다. 그 순간 나는 알 수 있었다. 오레오는 지금, 웃고 있다.

우리 집엔 고양이가 없다. 하지만, 창을 열면 언제나 그 자리에 우리 친구 오레오가 있다. 오레오가 우리를 친구로 선택해 주었고 우리는 기꺼이 친구가 되어주기로 마음을 굳혔다. 비 오는 날이면 물을 싫어해 밥을 먹으러 오지 못하는 오레오가 신경 쓰여 머릿속에 오레오가 둥둥 떠다닌다. 잠깐 비가 그쳐 문을 열어보면 어김없이 앉아 있는 오레오. 우리 오레오.

동네 친구 오레오. 어느 날 갑자기 노크도 없이 우리 정원으로 들어온 오레오. 마음대로 왔다가 마음대로 밥 먹고 마음대로 잠도 잤다가 마음대로 가는 오레오. 온 세상을 자유롭게 누릴 수 있지만 자유의 일부를 우리의 곁과 바꾸어 준 오레오. 마음대로 하는 오레오. 그리고, 나뉜 마음의 결 한쪽에 우리가 있는 오레오.

오레오, 네 마음대로 가도 돼. 하지만 너무 늦지 않게 영영 들러 주기로 약속해. 오레오. 우리 오레오.

그 순간 나는 알 수 있었다. 오레오는 지금, 웃고 있다.

황희 정승도 제멋이 있지

고양이의 눈에는 달이 떠 있다 2

신랑이랑 이런 이야기를 나눈 적이 있다.

"오빠, 우리가 만약에 멀리 이사하게 된다면 우리 오레오는 어떡하지? 우리가 이사 간 걸 모르고 창밖에서 하염없이 문이 열리길 기다리는 오레오를 생각하면 벌써 너무나 속상해. 오레오를 데리고 가야 하나?"

"그건 오레오의 세상을 우리 멋대로 붕괴시키는 거야."

"하나의 세상이 붕괴하면 다른 세상이 탄생하기 마련이잖아. 오레오에게 새로운 행복한 세상을 만들어 주면 되지!"

"그건 지극히 인간의 관점이야. 처음부터 야생에서 태어나 야생에서 자라 온 아이는 야생에서 살아야지."

"그럼 어떡해…. 편지를 쓸 수도 없고."

"편지를 써야지. 오레오가 아니고 새로운 집 주인에게."

"뭐라고?"

"우리 오레오는요, 마른 멸치보다 연어 캔을 더 좋아하고요, 소나무 밑에 앉아 있는 걸 좋아하니 솔방울을 좀 치워놔 주시고요, 이런 거?"

"먼저 다가가지 마시고 스스로 다가올 때까지 기다려 주시고요. 노란색 덩치 큰 고양이 나초를 무서워하니 둘이 싸우고 있으면 오레오 편들어 주시고요, 으앙 견우야!" (BGM, 신승훈, 〈I believe〉)

오레오는 예고된 듯 우리 곁을 떠났다. 아니, 우리 곁을 자신의 새끼들에게 물려주었다는 표현이 맞겠다. 오레오가 우리에게 선물처럼 남기고 간 새끼 고양이는 두 마리. 새끼들의 꼬리는 오레오와는 다르게 길고 건강하다. 임신한 오레오의 영양이 부족하지 않았었다는 증거인 것 같아 기뻤다. 우리는 오레오랑 똑 닮은 아이에게는 '레오'라는, 아마도 아빠랑 똑 닮았을 아이에게는 '오즈'라는 이름을 붙여 주었다.

새끼들은 쉴 새 없이 무럭무럭 자란다. 오레오가 떠나기 전, 두 번째 출산을 앞둔 오레오의 새로운 새끼들의 탄생지가 우리 집이었으면 좋겠다는 바람이 있었다. 길냥이 탯줄 자르는 법이

황희 정승도 제멋이 있지

나 고양이 출산 따위를 검색하여 폭신하고 안전한 자리를 만들어 놓으며 설레기도, 지레 겁을 먹기도 했다. 새로 탄생할 새끼 고양의 이름을 '오레' 그리고 '오'라고 지어놓고 "오레오 오즈!"라고 부르면 '오레오'와 '레오'와 '오즈'와 '오레'와 '오', 모두 다섯 마리가 동시에 우리를 쳐다보는 완벽한 순간을 상상하기도 했다.

물론 그런 날은 우리의 것이 아니었다. 오레오는 그렇게 우리에게 자신의 첫 번째 새끼들의 안전한 미래를 맡기고 떠나간 것이다.

지난 12월 31일 밤에 꼬리 잘린 고양이가 우리 집 화단에 들렀다 돌아가는 뒷모습을 봤다. 뒷모습뿐이었지만 우리 가족 모두는 알 수 있었다. 분명 우리의 첫 고양이, 오레오였다. 우리는 "오레오가 올 한 해 고마웠다는 인사하려고 왔나 봐."라며 기뻐했다. 그럴 수도 있고 아닐 수도 있고 저울을 놓고 재어보면 아닐 확률이 훨씬 높겠지만, 우린 그렇다고 믿기로 했다.

고양이에게는 고양이의 삶이 있다. 그리고 그들에게도 끝끝내 발톱으로 움켜쥐고 지켜내고 싶은 것들이 있을 것이다. 그들이 마지막까지 잃고 싶지 않은 것들의 목록에 오랫동안 언덕 위

의 우리 집이 있기를 바란다. 모진 길냥이들의 삶에 비빌 언덕
이 되어주고 싶다. 그들에게 제법 나쁘지 않은 선택이 되어주고
싶다. 가능하면 오랫동안 쓸모 있게 이용당하고 싶다, 고 바라
본다.

모진 길냥이들의 삶에 비빌 언덕이 되어주고 싶다.
그들에게 꽤 나쁘지 않은 선택이 되어주고 싶다.
가능하면 오랫동안 쓸모 있게 이용당하고 싶다. 고 바라본다.

황희 정승도 제멋이 있지

뚱뚱한 하루키

날씨에 지배를 많이 받는 나는 매일 아침 날씨를 검색하며 그날의 기분을 예측하는 데 도움을 받는다. 보통 이 검색은 출근길 버스 안에서 이루어지기에 나의 왼손 엄지는 자주 날씨 대신에 '말씨'를 검색하는 실수를 저지른다. 화면에 펼쳐졌다 머쓱하게 지워지며 나도 모르게 외워진 '말씨'의 사전적 해석 중 '말씨의 어원'이 글씨, 솜씨, 마음씨와 같은 곳에서 온다는 점이 나에게 와 닿아 있다. 말씨, 글씨, 솜씨, 마음씨는 모두 태도라는 씨앗에서 싹이 움트는, 결국엔 하나의 무엇이라는 귀한 비밀을 몰래 알게 된 것 같았다. 종종 A의 살림 솜씨를 보며 꼭 A 저 같은 살림을 한다고, H의 느린 말투를 보며 정말 말투조차 H의 느긋함을 닮았다고 떠올린 것이 사전적으로도 일리가 있었다는 것이 재밌었다.

그렇다면 글의 말씨라고 불릴 수 있는 문체는 어떨까? 문체에도 내 삶의 태도와 마음씨가 그대로 묻어 있을까? 어쩐지 조금 쑥스럽고 부끄러워졌다. 매일 나의 정제되지 않은 마음씨를, 정돈하지 않은 태도를, 떠벌리고 있는 셈이 될 테니 말이다. 조금 더 오래 생각을 머금고 사유하고 싶지만, 그것은 현생의 나에게 맡겨진 역할이 아닐 것이라고 모른 척하고 있다.

신랑에게 나의 문체에 관해 물어본 적이 있다.

"오빠, 나에게도 문체가 있어? 누가 봐도 아! 이거 박수진이 쓴 거다, 하고 느껴질까?"

"응. 있어."

"와, 정말? 오빠가 보기에 어떤 느낌이야?"

"내가 요즘 여부 덕분에 하루키 책을 조금 읽게 돼서 느꼈는데 여부 문체가 하루키랑 닮았어."

"정말? 에이 말도 안 돼. 내 문체 어디가 하루키를 닮아 감히! (기분이 매우 좋음)"

"닮았어. 여부가 워낙 하루키를 좋아하고 많이 읽어서 여부도 모르게 닮아 있겠지. 다만,"

"다만?"

"하루키의 문체가 야생 연어 같다면 여부의 문체는 양식 연어 같달까?"

"응?"

"하루키의 문체는 푸르른 강물을 거꾸로 거슬러 힘차게 올라가는 연어처럼 상쾌하고 날렵하고 탱글탱글하며 단단하고 근육질에 날씬하지. 여부의 문체는 온 평생을 양식장 안에서 먹을 거 못 먹을 거 다 먹고 움직이지는 못해서 지방이 살결마다 끼어 있어 무겁고 뚱뚱하고 기름졌달까. 한마디로 TMI. Too much information. 그런데 뭐 괜찮아. 양식 연어를 좋아하는 사람들도 있으니까. 뚱뚱하고 기름져서."

오빠, 나를 골려주고 싶은 마음은 잘 알고 있지만 애처롭게도 이번엔 실패야. 왜냐하면 '투 머치 인포메이션' 그게 바로 내가 추구하는 내 글의 가치이자 존재 이유란 말이지. 나는야 양식 연어 뚱뚱한 하루키. 뚱하!

나는 할머니의 찻잔 안에서 턱시도를 보았다

아, 눈이 내린다. 눈은 펑펑 내렸다가 펄펄도 내렸다가 훨훨 내린다. 소복소복 쌓였다가 사르르 녹는다. 어떤 소리도 지니고 있지 않은 고요한 눈에 이처럼 많은 부사를 허용한 것은 눈이 내리는 소리를 글로 적어 그리운 이에게 전해주고 싶은 마음들이 모였기 때문 아닐까?

눈은 무언가를 아득히 그리워하고 싶게 만든다. 스물한 살, 닥치는 대로 아르바이트를 해야 했었던 시절, 밸런타인데이 단기 판매 아르바이트 공고를 봤다. '고급 이탈리아 수제 초콜릿'을 야외 매대에서 판매하는 아르바이트였다. 추운 겨울의 실외 업무여서 그런지 일당은 무려 칠만 원이었다. 10시부터 6시까지 5일 일하면 삼십오만 원. 와, 미쳤네. 역시 이태리는 클래스가 다르네, 달라. 더군다나 수제라니, 더 말해 뭐해. 이태리 수제는 확실히 다르네, 달라. 그때 당시 아르바이트를 하던 맥도날드의 시급이 삼천오백 원이었던 것을 생각해 보면 실로 엄청난 수당이 아닐 수 없었다. 맥도날드에 일주일 휴가를 내는 것은 선택이 아니라 필수였다.

동대문운동장역 지하상가에서 준비물인 7cm 검은색 하이힐을 '가성비' 코너에서 골라서 사 들고 밀리오레 앞의 '고급 이탈리아 수제 초콜릿' 매대로 간 날, 오늘처럼 눈이 펑펑 내렸다가 펄펄 내렸다가 휠휠 내렸다. 나는 하얀 블라우스에 봄가을 용인 듯한 얇은 파란색 재킷과 치마를 입고, 살구색 스타킹과 방금 막 사서 발에 익숙하지 않은 가성비 힐을 신은 채 내리는 눈을 맞으며 고급 이탈리아 수제 초콜릿을 팔았다. 눈은 내 어깨에 소복소복 쌓였고 녹지 않았다.

오늘같이 무언가를 그리워하고 싶게 하는 눈 오는 날, 내가 그날을 아득히 그리워할 수 있는 이유는 맞은편 가로등 옆에 우두커니 서서 온종일 나와 함께 눈을 맞고 있었던 스물한 살의 청년 때문이다. 밸런타인데이에 초콜릿을 사지 못하고 팔고 있는 스물한 살의 박수진에게 그 청년이 해줄 수 있는 일은 내리는 눈을 오롯이 같이 맞아주는 것뿐이었다. 누군가에게는 미련함으로 비칠 그것이 그에게는 기어코 순정이었으리라

괴물

아주 오랜만에 아기들이 없는 주말을 보냈다. 엄마, 아빠가
아기들을 데리고 2박 3일 여행을 가셨기 때문인데, 매년 겨울마
다 행사처럼 이루어지는 일이라 딱 1년 만이지 않을까 싶다. 직
장을 다니는 엄마라는 부채감으로 평일에 담뿍 쏟지 못하는 정
성들을 끌어다 모아 난잡한 농축액 형태의 주말을 보내는 것이
일상화되어 있는 나에게, 아기들이 없는 주말은 실로 은혜로운
시간이 되리라 생각했지만.

10시까지 늦잠을 자겠다는 애초의 계획은 성사될 수 없었다.
어쩐지 6시에, 7시에 그리고 8시에도 눈이 떠져 결국 9시에 다
소 억울한 마음으로 이불을 박차며 침대에서 내려왔다. 아침도
점심도 뛰어 넘겼다. 커피 한잔 내려 마시는 것도 귀찮고 성가
셨다. 보온이 된 지 27시간 된 보온 밥솥의 밥을 괜스레 뒤섞어
봤다가 다시 뚜껑을 덮었다. 보리차라도 끓여볼까 하는 생각에

물을 받다가 물병의 물이 하나도 줄지 않고 그대로인 것을 보고 멈췄다. 아기들이 없으니, 물도 밥도 줄지 않는 것이 생경했다. 30분에 한 번씩 아기들이 무엇을 하는지 엄마에게 사진을 보내 달라고 빚쟁이처럼 연락했다. 우리 가족의 일상을 온건하게 지켜줬던 이는 내가 아니라 아기들이었다.

겨우 밖으로 나와 신랑이랑 따뜻한 만둣국을 먹고 '따릉이'를 빌려 광화문에 있는 작은 영화관 '씨네큐브'에 갔다. 고레에다 히로카즈 감독의 〈괴물〉이란 영화를 보기 위해서였다. 작곡가 류이치 사카모토의 마지막 영화음악 작품이기도 하다.

나는 이 작품에 대해 무엇을 말할 수 있을까. 무엇을 말해야 하는가.
결국 나는, 이 작품에 대해 무언가를 말할 수 있을 만한 의젓한 어른이 될 수 없다는 결론에 도래했다.
우리는 너무 쉽게 타인의 무른 점을 궁금해한다. 기어이 끄집어내 예측하고 꼬아버린다. 물론 나도 자유롭지 못하다.
그저, 아름다운 눈. 의심 없이 깨끗하고 맑은 눈. 눈앞의 주황색을 '와, 이것은 아름다운 주황색이구나.' 하며 길 저편의 파란

황희 정승도 제멋이 있지

색을 '아, 저것은 그 자체로 아름다운 파란색이야.'라고 말하는 것이 당연한, 아름다운 눈들이 많은 세상을 소망한다.

고레에다 히로카즈의 영화가 대형 프랜차이즈 영화관의 가장 큰 관에 걸리는 것을 꿈꾼다. 어떤 예술적인 것은 반드시 상업적으로 이용되어 만 오천 원이란 가격에 팔려야만 한다. 꼭 팔아주어야 하며, 꼭 팔려져야만 한다. 만 오천 원은 때로는 인생을 바꿀 만한 엄청난 것이 되기도 한다. 고레에다 감독이 영화를 통해 끊임없이 이야기했던 것처럼 모두 가질 수 없는 행복은 행복이 아닐 테니 말이다.

진달래, 진하고 달콤한 내일을 위하여

    점심 회식이 흔한 세상에 살고 있다니 새삼스럽다. 며칠 전에도 내가 소비하려면 망설임을 아홉 번쯤 겪은 후 결국엔 소비하지 않는 것을 택할 고급 중식당에서 신년맞이 회식을 했다. 저녁 시간이 상대적으로 자유롭지 않은 직원들과 저녁 시간을 방해받고 싶어 하지 않는 직원들을 위한 배려의 마음들이 자의와 타의의 힘으로 뭉쳐진다. 자동차가 하늘을 날고 앞치마를 곱게 맨 로봇이 집안일을 해주는 것처럼 대단한 변화는 아니지만, 세상은 조금씩 그리고 분명히 변하고 있다. 아니, 어쩌면 자동차도 로봇도 아닌 인간이 변하고 있다는 것이 오히려 더 깊은 변화일지도 모르겠다.

    회사에 입사한 2013년은 그야말로 낭만의 시절이었다. 비정상적으로 바빴고 일주일에 하루 쉬는 것도 감사했다. 아침 7시 30분에 출근해서 매일 10시 넘어서 퇴근했으며 오후 4시에 시작한 회의가 자정까지 릴레이로 계속되는 때도 있었다. 공포스럽게 바쁜 팀의 막내로 입사한 나를 가엾이 여기는 이들이 많았으나 그 안에 속해 있던 나는 씩씩했다. 왜냐하면 그 팀 안의 모두가 나보다 훨씬 더 씩씩하셨기 때문이다. "아이고, 오늘 하루도 보람찼다!"라고 말씀하시며 퇴근하는 L 님이 나는 아직도 가끔 생각이 난다. '보람차다'라는 말을 내뱉으려면 저 정도로 보람차야만 응당한 자격이 주어지는 것이리라 되뇌었기 때문이다.

그 시절이 호시절이라고 말할 수는 없지만 그럼에도 가끔 그리워지는 이유는 '같은 것을 위해, 같은 곳을 보고, 같이 일했던' 시절이기 때문이다. 자동차와 로봇보다 변하기 힘든 우리 인간은 조금씩, 분명히 변하고 있고 그것은 동전의 양면과도 같아서 모두를 일찍 집으로 보내주기도 하고 모두를 고독 속에 홀로 일하게 하기도 한다.

낭만의 시절 어느 송년 회식이 기억난다. 당연히 저녁 7시에, 삼겹살 식당에서, 식당의 테이블을 모두 붙여 하나의 긴 테이블로 만든 후 팀장님의 건배사로 시작됐다. 구성원들의 레벨 순으로 이어지는 건배사 릴레이에서 나의 차례는 마지막 30번째였다. 내 앞에 예정된 건배사는 29개. 사전에 검색해 온 '센스 만점 건배사'는 열 번째 순서에서 이미 마감되어 버렸다. 옆 팀의 막내는 건배사를 고민하다가 집에서 스쿠터 헬멧을 가지고 와 당시 유행했던 아이돌 가수 '크레용팝' 버전의 건배사로 히트했다는 소문을 들은 후였다. 나는 청중이 세 명만 있어도 목소리가 염소처럼 떨리는 체질이다. 식은땀이 났다. 기어이 내 차례가 돌아왔을 때는 다들 만취 상태로 2차 장소를 물색하고 있었는데, 시끌벅적한 틈을 타 몰래 넘어가려는 순간 굳이 팀장님께서 나의 존재를 상기시키셨다. "우리 막내! 막내 건배사 마지막으로 들고 옮기자. 자, 박수, 박수!" 눈 질끈 감고 자리에서 일어난 강성 막내 박수진의 건배사는 다음과 같다.

"1년 동안 고생 많으셨습니다. 아쉬운 일도 많았고요. 저는 '오늘도 보람찬 하루였다!'고 말씀하시던 L 님을 기억합니다. L 님의 1년을 제가, P 님의 1년은 K 님께서, K 님의 1년은 팀장님께서 기억해 주실 테니 우리의 1년이 아주 아쉽지만은 않을 것입니다.

많은 사람이 '인생 뭐 있어? 뭐 없어!'라고들 하지만 저는 인생에 꼭 무언가가 있을 것 같다는 생각을 자주 합니다. 우리 팀 모두의 인생에 결국엔 무언가가 있기를 기원하는 마음으로 제가 '인생 뭐 있어?'라고 선창하면 '인생 뭐 있어!'라고 후창해 주시면 감사하겠습니다. 하나, 둘, 셋, 인생 뭐 있어? 인생 뭐 있!!!어!!!"

놀랍게도 이 진지하기 짝이 없는 건배사는 기립박수를 받았고 회식계의 전설로 여전히 회자된다. 이날 나는 느꼈다. 우리는 모두 겉으로는 '인생 뭐 없어.'라고 자조하지만, 사실은 무엇이 있어 주기를 바란다는 사실을. 우리는 모두 희망과 기대를 마음껏 말하는 것이 염치없고 쑥스러운 귀여운 인간이라는 사실을.

세상의 전부가 어쩔 수 없이 꼭 변해야 한다면 인간의 순서는 제일 끝단에 있어야 한다. 자동차가 날아다니고 로봇이 앞치마를 매는 날이 마침내 오게 되더라도 말이다.

아름답다

아빠가 매니큐어를 꺼내면 자연스레 아들이 손을 내민다. 발도 내민다. 아들은 빨갛게 색칠되어 반짝이는 손톱을 보며 "참 예쁜 빨간색이야, 아빠." 한다.

우리 집에서 아이들 매니큐어를 발라주는 이는 엄마가 아니라 아빠다. 주방 후드를 청소하는 이도, 주전자에 구연산을 넣어 살균하는 이도, 아이들 옷에 늘 묻어 있는 지워지지 않는 얼룩을 물에 불리고 말끔하게 만드는 이도, 아빠다.

나는 신랑보다 운전을 잘한다. 나는 신랑보다 잘 뛰고 잘 헤엄치고 씩씩하고 용감하다. 비위도 강하고 쓰레기를 한 번에 많이 옮기는 것도 잘한다. 뿌듯하고 자랑스러운 능력이다. 어느 날 쓰레기장에 분리수거와 음식물 쓰레기를 버리러 갔는데 아래층 부부의 남편분께서 나에게 "남편 교육을 잘못시키셨나 봐요. 이런 건 남자가 해야죠."라고 하셨다. "네, 보통 그렇죠. 하하." 하고 웃었지만 속으로 나는 생각했다. '제가 저희 신랑보다 시간이 많거든요. 쓰레기는 남자가 버리는 게 아니고 버릴 수 있는 사람이 버리면 되는 거 아닐까요.' 쓰레기 하나를 버리는 것조차도 편견이 입혀져야 한다니 조금 피로했다.

나의 딸은 나를 닮아 운동을 잘하고 대담하고 매운 것을 잘 먹는다. 트램펄린에서 또래의 다른 남자아이들보다 훨씬 높게 뛸 수 있음을 무척 뿌듯해한다. 나의 아들은 아빠를 닮아 꼼꼼하고 조심성이 많다. 아들을 가진 엄마의 바람으로 아이가 축구나 농구 같은 인기 스포츠 종목에 관심이 많고 잘해서 친구들에게 어깨가 으쓱했으면 좋겠지만, 아들은 운동에 특별한 관심이 없다. 돌아다니는 것보다 머무는 것을 자주 선택하는 아이이다. 그저 그대로 두기로 했다.

어두운 방에 두고 온 아들의 물건을 찾아다 주는 이는 딸이고, 딸의 방에 어지럽게 흐트러진 인형을 가지런히 줄지어 주는 이는 아들이다. 아이들에게 여자다운 것, 남자다운 것을 조각하지 않기로 했다. 내가 아이들에게 바라는 것은 단 한 가지. 아름다울 것. 아름답다. '아름답다'의 '아름'은 '나답다'라는 어원을 가지고 있다고 한다. 우리는 모두 나다울 때 가장 아름답다. 남자답거나 여자다운 것은 태어날 때부터 받는 것만으로도 충분하다. 그리고 그것은 꽤 자주 감내야 하는 편견 같은 것으로 변모되기도 한다.

주말에 대규모 부부 동반 모임이 있었다. 오랜만에 만난 지인들은 서로의 안부를 물으며 자신과 자신의 품 안의 것들의 건재함을 진열하는데 얼마쯤의 목표를 지니고 있다.

"저희 딸을 이번에 스키 캠프에 보냈는데 딱 두 번 타고 중급 코스에 올라가더라고요. 강사 선생님이 이 정도면 거의 천재 수준이라고 얼마나 칭찬하시던지 민망했다니까요."

"우리 아들은 음악적 재능이 얼마나 좋은지 이번에 피아노학원 대표로 나간 콩쿠르에서 2등을 했어요. 1등을 할 수 있었는데 중간에 손이 땀에 미끄러져 안타깝게 1등을 놓쳤지 뭐예요. 음악을 시키고 싶은데 그러기엔 너무 머리가 똑똑해서 말이죠. 꿈이 흉부외과 의사라네요. 허 참. 녀석."

여러 눈동자가 나의 입을 향했을 때, 가만히 듣고 있던 나는

황희 정승도 제멋이 있지

씩씩하게 말했다.

"우리 아들의 꿈은 세계 최고의 발 마사지사예요. 얼마 전까지만 해도 현금만 받는 편의점 주인이었는데 합법적인 꿈으로 바뀌어서 기뻐요."

모두 재밌는 아이라며 배를 잡고 깔깔깔 웃으셨지만 나는 어쩐지 승리한 기분이 들었다. 이렇게 편견 없이 나 자신다운, 그저 아름다운 아이의 엄마라는 사실이 자랑스러웠기 때문이다. 우리 아들의 손톱 위에서 빨간 매니큐어가 아름답게 빛나고 있었다. 참 예쁜 빨간색이야, 아가.

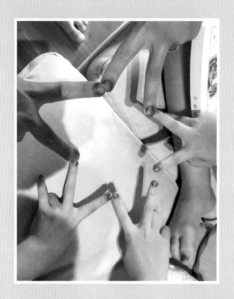

'아름답다'의 '아름'은 '나답다'라는 어원을 가지고 있다고 한다.
우리는 모두 나다울 때 가장 아름답다.

황희 정승도 제멋이 있지

나는 할머니의 찻잔 안에서 턱시도를 보았다

　겨울이 나에게 무정하게 긴 이유 중 하나는 새벽 등산을 허락하지 않는다는 점이다. 출근 시간을 염두에 두고 하산해야 하는 '바쁘다 바빠 현대 사회인'에게 일출 산행의 기쁨은 3월 중순부터 10월 중순까지만 누릴 수 있는 귀한 것이다. 한여름에는 새벽 5시부터 뛰쳐나오고 싶은 듯 얼굴을 내밀며 성급하게 시동을 거는 해도, 동장군 앞에서는 은근해진다. 겨울은 해도 나태해지고 싶게 만드는 힘을 가지고 있다. 따끈한 장판에서 발갛게 몸을 구석구석 데운 해는 늦잠을 자고도 어슬렁어슬렁. 8시가 다 되어도 서두르는 기색이 없다. 덕분에 요즘 나의 새벽도 제법 느긋하고 나른하다. 속수무책으로 게으르다. 일출 시각이 6시 35분이 되는 그날부터 나의 2024년은 진지해질 예정이니 지금은 해와 함께 라르기시모. 가장 폭넓고 느리게.

　새벽 등산을 하며 매번 마주하는 장면들이 있다. 해가 잘 보이는 얕은 언덕 약수터에서 몇 개의 신문을 펼쳐놓고 보시는 백발의 할머니, 엄청나게 크지만 믿을 수 없게 귀여운 검은색 레트리버를 데리고 산을 오르시는 할아버지, 항상 나보다 먼저 인왕산 꼭대기 바위에 올라가 삼각대를 펴놓고 떠오르는 해를 담고 계시는 아저씨. 그리고 등산로 초입 수성동 계곡에 위치한 마을버스 종점의 버스 기사님들이다. 새벽, 버스 종점의 기사님들은 모두 당신들이 운행할 버스를 정성스레 닦고 계신다. 고귀한 의식을 취하는 것처럼 사뭇 진지하게 말이다. 나에게는 어쩐지 그 행위가 하루를 함부로 보내지 않겠다는 다짐으로 느껴졌다. 일을 맞이하는 정중한 태도.

버스 기사님들에게는 버스가 그들의 전투복이자 턱시도일 것이다.

몇 년 전 새로운 계열사로 발령받고 첫 출근 날, 중요한 회의나 인터뷰가 있을 때면 늘 꺼내 입는 옷을 골라 입고 집을 나섰다. 검은색 투피스 정장인 그 옷은 적당히 클래식하면서도 적당히 화려하다. 때때로 옷은 태도를 만들고 태도는 나를 만들어서 이 옷은 나를 단단하고 흔들리지 않게 만든다. 떨리는 마음으로 출근하니 처음 보는 얼굴이 나에게 말했다.

"뭐, 어디, 시상식 가세요? 거긴 다들 이러고 다녀요?"

다소 무례하다 느껴졌으나 나는 가능한 만큼 최대로 상큼하게 웃으며 대답했다.

"전투복이에요. 싱긋."

거칠어 보였던 그는 사실 유쾌한 타입이었고, 그 후로 내가 이 옷을 입고 회사에 출근하면 "오, 전투복 입으셨네. 중요한 인터뷰 있나 봐요. 파이팅!" 하며 응원을 건넸다.

새벽 등산에서 마주하는 마지막 장면엔 항상 이분이 계신다. 인왕산 코끼리 바위의 할머니시다. 할머니는 늘 코끼리 바위의 구부러진 소나무 옆에 서서 찻잔에 담긴 차를 마시고 계신다. 보온병의 뚜껑이 아니고 종이컵도 아닌 고운 도자기 찻잔이다.

할머니의 새벽을 상상해 본다. 해가 뜨기 전에 일어나 단정한 마음으로 차를 우려 깨끗한 보온병에 담고, 좋아하는 찻잔을 보자기에 깨지지 않게 고이 싸고 여며 가방에 넣고 산을 오르는. 마음이 환해지는 풍경을 볼 수 있는 자리를 골라, 보온병의 뚜껑이 아닌 종이컵도 아닌, 깨지기 쉽지만 아름다운 찻잔을 꺼내 차를 담아 마시는 일. 이 일련의 행위 중 그 어떤 것도 자신을 위하지 않는 일이 없다. 하루를 정중하고 귀하게 맞이하는 태도. 삶을 함부로 하지 않겠다고 다짐하는 마음.

나는 할머니의 찻잔 안에서 턱시도를 보았다.

황희 정승도 제멋이 있지

하루를 정중하고 귀하게 맞이하는 태도.
삶을 함부로 하지 않겠다고 다짐하는 마음.
나는 할머니의 찻잔 안에서 턱시도를 보았다.

기꺼이 먹거리가 되어 드려요

어젯밤, 내 손을 잡고 잠든 아기 손을 슬며시 빼려다 들켜버렸다. "엄마, 나는 엄마 손이 없으면 잠을 잘 수가 없는 아기야." 아기는 제법 근엄한 목소리로 이야기하며 내 손을 다시 당당하게 데리고 갔다. 아기의 손에서는 콘칩 냄새가 났다. 아기의 손을 코에 대고 오래도록 킁킁거렸다. 노란 꿈을 꿀 것만 같았다. 그리고 다음 날, 샛노랗게 늦잠을 자버리고 말았다. 수면 장애와 신경 불안으로 괴로운 분께 콘칩 냄새 묻은 아기의 손을 추천해 드립니다. 참, 좋은데. 뭐라 말할 방법이 없네, 방법이.

늦잠을 잤다는 것은 평소보다 물리적으로 긴 시간을 잤으니 덜 피곤해야 하는데도 까닭 모르게 더 피곤한 느낌이 드는 것은 아마도, 늦잠이 걸어둔 게으름을 향한 저주일 것이다. 버스정류장에 막 도착하려는 버스를 향해 온몸으로 '저 여기 있습니다. 제가 지금 가고 있어요. 갑니다, 가요 선생님!'의 몸짓을 하며 요란하게 뛰어가 버스에 올랐다. 오예, 행운. 당연히 만석인 버스에서 손잡이를 잡고 서자마자 앞 좌석에 앉은 여성분이 일어나셨다. 연타석 행운. 이게 무슨 일이야. 현진건 선생님, 이게 무슨 일인가요. 저 좋아해도 되는 거 맞나요?

자리에 앉아서 느긋하게 라디오를 들으며 서 계시는 분들께 심심한 위로를 마음으로 건네고 있는데, 이상하게도 자리에서 일어나신 여성분이 내리질 않으신다. 한참을 지나도 내리질 않으신다. 슬쩍 얼굴을 보니 뭐랄까. 무척 억울한 표정이다. 왜일까. 정류장을 착각하셨나 하고 창밖으로 시선을 돌리는데 내 가방에 뭔가 걸리적거리는 것이 눈에 들어왔다. 분홍색 빛깔의 열쇠고리였다. 전날 밤에 딸아이가 만들어서 파우치에 끼워준 분홍색의 그것. 버스를 향해 뛰며 가방 밖으로 튕겨 나왔을 것으로 예상되는 그것은, 내가 잘 알고 있는 무언가와 똑 닮았다는 것을 알아채고 말았다. 그것의 이름으로 말할 것 같으면 '임산부 핑크 배지'가 되시겠다.

의도하지 않았지만 죄송하게 되어버렸어요. 예쁜 마음 감사합니다. 새해 복도 많이 받으시고요.

핑크 배지 이야기가 나와서 말인데 나의 기억력은 좋은 것을 기억하는 데 최적화되어 있어서 임신, 출산, 육아를 하며 힘들었거나 고통스러웠던 기억이 거의 없다. 나를 보호하려고 뇌 스스로가 진화하여 삭제했을 것으로 추정한다. 신랑과 아무 말을 떠들어 재끼다가 저출산 이야기가 나와서 저출산 해결 정책에 관해 나의 의견을 피력했다.

"오빠, 내 생각은 말이야. 미혼자들에게 결혼을, 딩크족에게 출산을 장려하는 아무리 좋은 정책을 내밀어도 소용이 없다고 봐. 그들은 아이가 있는 삶을 경험해 보지 못했으니, 지금처럼 날듯이 가벼운 삶을 벗어나는 것이 얼마나 큰 모험이겠어. 인생 전체를 뒤흔드는 엄청난 것이겠지. 주택청약 1순위, 장기적으로 1억 원의 지원금, 육아휴직? 그런 정책으로는 절대 설득 안 될 거야. 지금까지 인생의 행복이라고 생각했던 모든 것들이 바뀔 텐데. 안 돼, 안 돼. 절대로 안 돼. 경험해 보지 않은 행복은 행복이 아니라 두려움의 영역에 속해 있지. 암. 그래서 말인데.

고기도 먹어본 사람이 먹는다잖아? 새로운 시장을 만드는 게 아니고 기존 시장에서 먹거리를 창출하는 거지. 그 정책을 나 같은 사람한테 초점을 맞추는 거야! 나처럼 이미 결혼, 임신, 출산의 경험이 있고 그 안에서 행복했고, 지금도 행복할 준비가 되어 있는 그런 사람들을 대상으로 정책을 펼치면, 저출산? 그까짓 것 바로 끝나지. 만약 셋째를 낳고 키우는 데 드는 모든 생활비와 교육비, 아기 스무 살 때까지, 아니 스물다섯 살은 돼야겠구나. 스물다섯 살 때까지 싹, 다, 지원해 준다면? 나는 셋째도 낳고 넷째도 낳지. 다섯째도 뭐, 잇츠 마이 플레져. 기꺼이. 나는 사실 홀수가 완전하다고 생각을 하는 사람이야. 아이는 셋, 가족은 다섯. 설계적이게도 나는 이미 셋째의 이름까지 지어 뒀다고. 우리의 셋째 아기 이름은 '이유'야. 이도, 이진, 이유. 어때 트라이앵글처럼 딱 맞지 뭐야? 어때? 내 저출산 정책 어때? 청와대 국민 청원 게시판에 한번 올려볼까? 어때?"

말 많기로 소문난 우리 신랑이 대답하길.

"안 돼."
"뭐야. 끝이야? 더 할 말 없어?"
"절대로 안 돼."

에라, 안 꼬셔지네 이 양반. 나는 콘칩 냄새나는 손, 몇 명은 더 잡아줄 수 있는데….

황희 정승도 제멋이 있지

아기의 손을 코에 대고 오래도록 킁킁거렸다.
노란 꿈을 꿀 것만 같았다.

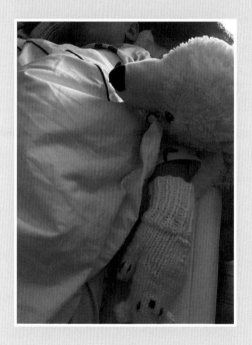

코에 차가운 바람을 넣으며 달리고 싶은 마음이 들어 새벽 일찍 눈을 떴다. 1차 목적지를 2km 떨어져 있는 동생의 집으로 잡고 손에 노란색 튤립을 들었다. 해외 출장에서 돌아오는 동생이 현관 앞에서 예기치 않는 기쁨을 마주하길 바라며, 튤립을 안고 뛰는 길이 즐거웠다. 즐겁다. 마음에 거슬림이 없이 흐뭇하고 기쁘다는 뜻이다. 그렇다. 정말로 즐거운 일이었다.

경복궁 돌담길을 지나 삼청동, 광화문, 청계천을 찍고 돌아오는 6.5km 정도의 코스를 잡아뒀다. 러닝 전용 도로가 아닌 곳을 뛸 때는 일부러 울퉁불퉁한 길을 골라서 뛴다. 예전에 한 TV 프로그램에서 배우 윤여정 선생님이 크로아티아의 어느 길을 걸으며 "나는 울퉁불퉁한 길이 너무 좋아. 이렇게 울퉁불퉁한 길. 울퉁불퉁한 길이 너무 좋더라, 나는." 하시며 울퉁불퉁한 길 예찬을 한참 하셨던 기억이 있다. '울퉁불퉁한 길'을 좋아한다는 그녀의 말에서 그녀의 지나온 삶이 느껴지는 것 같았다.

울퉁불퉁한 길을 뛰면 운동화 속 발바닥에서 스릴이 느껴진다. 길이 발바닥 아치에 닿았다가 발가락에 힘이 실렸다가 발꿈치에도 부딪히는 감각의 재미가 있다. 또, 울퉁불퉁한 길은 내게 조금 늦게 뛰어도 괜찮다는 그럴듯한 방패를 쥐여 주기도 한다.

동생 집에 튤립을 두고 2차 목적지 청계천으로 달리는 도중에 소리만으로도 위급해 보이는 구급차를 보았다. 근처에 있는 혜화동 서울대병원으로 가는 모양이었다. 새벽의 거리는 한산하고 구급차는 더 이상 빠르기 어려운 속도로 달리고 있었지만, 구급차는 왜인지 항상 속도보다 느리게 느껴진다. 어둡게 컬러링 되어 있는 구급차 속의 장면이 나도 모르게 예상되기 때문일 테다.

대학 시절 한 대학 병원에서 아르바이트할 때 들었던 병원 근무 수칙 중 하나는 '너무 크게 웃으며 다니지 않도록 주의하기'였다. 어린 아르바이트생들에게 일에 대한 경각심을 심어주려는 의도도 없지 않았겠으나, 온갖 아픔과 슬픔이 모여 있는 병원에서 별일 없는 웃음이 주는 무성의를 여러 해 동안 가까이서 느껴 왔던 분들의 배려이기도 했을 것이다.

병원 로비를 지나다니며 드물지 않게 볼 수 있는 자원봉사 현수막이 아직도 생생하게 기억난다.

'조건 없이 봉사하실 분들의 많은 연락 부탁드립니다.'

한때의 나는 오랫동안 이 문장에 붙잡혀 있었다. '조건 없이 봉사하실 분.' 조건이 없다. 조건이 없다는 말속에 담긴 짐작할 수 없는 무게를 짐작하려 애썼다. 그때의 나는 짐작했고, 지금의 나는 외면하는 그 무게를 언젠가의 나는 감당해 보는 용기를 지닐 수 있기를 꿈꾼다.

집에 돌아가니 아직 나의 아기들은 꿈나라에 있었고 밤새 다녀간 '엄마 이빨 요정'이 남긴 편지를 읽기 전이었다.

'앞의 그림 속 하얀 말이 사실은 유니콘의 뿔을 숨기고 있다는 것을 알아줄 거라 믿어. 바로 진이 너처럼 🤍'

편지를 읽는 아기의 통통 부은 말간 얼굴을 볼 수 있는 기쁨도 허락된 좋은 아침이었다. 모두 굿 모닝.

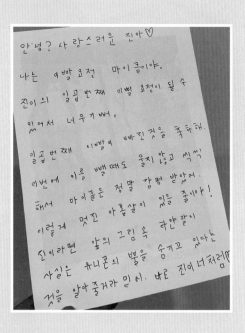

안녕? 사랑스러운 진아 ♡

나는 이빨 요정 마이클이야.
진이의 일곱 번째 이빨 요정이 될 수
있어서 너무 기뻐.

일곱 번째 이빨이 빠진 것을 축하해.
이번에 이를 뺄 때도 울지 않고 씩씩
해서 마이클은 정말 감명 받았어.
이렇게 멋진 아홉살이 있을 줄이야!
진이라면 앞의 그림 속 하얀말이
사실은 유니콘의 뿔을 숨기고 있다는
것을 알아 줄거라 믿어. 바로 진이 너처럼!

그때의 나는 짐작했고, 지금의 나는 외면하는 그 무게를
언젠가의 나는 감당해 보는 용기를 지닐 수 있기를 꿈꾼다.

황희 정승도 제멋이 있지

너는 나의 미래다

　우리 신랑은 피곤하면 한쪽 눈에 쌍꺼풀이 생긴다. 나는 피곤함을 잘 느끼지 않는 편이다. 우리 신랑은 피곤하면 입술에 헤르페스 포진도 생긴다. 나는 피곤함을 잘 느끼지 않는 편이고 입술도 튼튼하다. 우리 신랑은 피곤하면 목디스크와 후두염을 모셔 온다. 나는 피곤함을 잘 느끼지 않는 편이고 입술도 튼튼하며 다리를 잘 찢는 편이다. 우리 신랑은 정말로 피곤하면 양쪽 눈에 쌍꺼풀이 지고 입술에 포진이 생기며 목디스크와 후두염으로 이 세상에서 제일 아픈 이의 형상으로 몸져눕지만, 나는 정말로 피곤하다면 입속 아무도 보이지 않는 곳에, 나만 알 수 있는 바로 저 안쪽 깊숙한 곳에, 구내염이 생긴다. 누가 더 억울한가? 잇츠 미It's me.

　그는 일을 정말 열심히 한다. 본인에게 내재되어 있는 쌍꺼풀과 헤르페스 바이러스와 목디스크, 후두염을 포함한 모든 에너지를 오직 일에 쏟아내고 산다. 부스러기 하나도 남김이 없다. 언젠가 그가 굉장히 절망적인 표정으로 구부려 앉아 오랫동안 발끝을 바라보고 있었다. 그러고는 눈물이 그렁그렁 맺힌 채

"여부, 내 살이 썩어들어가는 것 같아…."

하고 본인의 복숭아뼈를 보여줬다. 살이 곰팡이가 슨 것처럼 색이 바래고 뭉그러져 있었다. 곰팡이의 존재는 알고 보니 '욕창'이었는데, 회사에서 한쪽 다리를 올린 같은 자세로 매일 14시간을 앉아 있던 것이 원인이 되었다. 그렇다. 정말이지 무식하고 요령이 없다. 지금은 술자리에서 "자, 다들 조용조용. 거, 너희들 욕창 생길 때까지 일해봤어? 안 해봤으면 다 내 밑으로 조용히 해!"라고 허세를 부리며 이야기하지만 '내 살이 썩어들어가는 것 같아.'라고 말할 당시 본인의 심정은 어땠을까. 복숭아뼈에 욕창이 생기는 동안, 눈에 보이지 않게 고이며 상해 가는 그의 마음의 길은 감히 내가 가늠할 수 없을 것이다.

물이 고여 썩지 않게 물길을 내주는 일, 그것은 그의 아내인 나만이 할 수 있는 숭고한 일. 그리하여 그의 쉼을 강요하는 일은 내가 행하는 가장 의미 있는 일. 항공사들이 앞다투어 새해 특가 항공권 프로모션을 내놓길래 신랑을 도쿄로 보냈다. 네 명

이 가면 엄청 비싸고 두 명이 가면 조금 비싼데, 혼자 가면 되게 싸니까 그대 혼자 다녀오시게나. 나는 나중에 더 좋은 곳으로 가련다. 돈 펑펑 쓰면서, 라며. 신랑은 3박 4일 동안 30만 원만 쓰고 오는 알뜰함을 보여주겠단다. 그건 그대 알아서 하시고. 와세다 대학교의 '하루키 도서관'에 들렀다가 『상실의 시대』에 나오는 하루키 단골 재즈바 'DUG'에서 나 대신 '보드카 토닉'을 먹어 주기로 약속해. 입술 헤르페스 포진은 좀 나아서 오고.

모든 에너지를 일에 쏟으며 사는 그의 오랜 꿈은 사실 장항준과 도경완이다. 그는 매일 나의 눈을 보며 두 손을 마주 잡고 응원 섞인 저주를 감미롭게 읊는다.

너는 나의 봄이다. 너는 나의 미래다. 너는 나의 노후보장.

누가 더 억울한가? 잇츠 미.

그래. 나는 너의 봄이다. 그래. 나는 너의 노후보장.

황희 정승도 제멋이 있지

실망할 준비

　학생들이 무리 지어 깔깔깔 웃고 있는 것을 보면 이상하게 마음 한구석이 시리다. 또, 그렇게 예쁘다. 초등학생, 중학생 그리고 주책이지만 고등학생까지도 이해할 수 없이 예쁘다. 아이를 낳기 전에는 느끼지 못했던 감정의 영역이다. 여드름이 많이 올라온 여자 고등학생에게는 10년 후의 우리 딸이, 교복 단추를 풀어 헤치고 달리는 남자 중학생에게는 5년 후의 우리 아들이 보인다. 한 명도 빠짐없이 귀한 아이들. 나는 그들을 '종달새'라고 부른다.

　가끔 내가 시기적절치 못하게 눈물을 글썽이고 있으면 우리 신랑은 나에게 "여부 지금 종달새 왔지. 종달새 왔다! 종달새 날아가라 휘이휘이." 한다. 종달새의 근원은 〈천 개의 바람이 되어〉라는 노래 안에 있고,

　'아침엔 종달새 되어 잠든 당신을 깨워 줄게요, 밤에는 어둠

속에 별 되어 당신을 지켜줄게요, 나는 천 개의 바람이 되었죠'
라는 가사가 그 이유다. 어느 순간부터 나는 이 노래를 끝까지 듣지 못하는 사람이 되고 말았는데, 종달새가 되어 아침에 나를 깨우러 날아오는 우리 아기들을 머릿속에서 떨쳐 내기가 어려워서이다. 그래서는 안 되는 일이기 때문이다.

나는 2014년 5월에 결혼했고 같은 해 4월 큰 참사가 있었다. 당시 내가 느꼈던 감정은 슬픔보다는 분노였고, 고통보다는 허무였다. 2016년 두 아이를 낳고 김승섭 교수의 책『아픔이 길이 되려면』을 읽고 나서야 비로소 슬프고 고통스러워졌는데, 그건 내가 완벽한 감정 이입의 대상이 없이는 치밀한 공감이 이루어지지 않는 어리고 염치없는 인간이란 증거다.

김승섭 교수는 보건학자이자 사회역학자다.
"저는 아이들에게 경험이 많은 어른들의 말씀을 귀 기울여 들어야 하고, 함께 살아가기 위해서는 공동체의 규칙을 지켜야 한다고 가르칩니다. 그 배에 탔던 아이들은 그 상식을 지켰다는 이유로 죽었습니다." 나를 움직인 문장이다.
우리 부부는 아기들에게 양보와 배려를 최우선으로 가르쳤

234   황희 정승도 제멋이 있지

다. 매일 아침 출근길 아기들에게 했던 인사도 '오늘 하루 많이 웃고, 많이 양보하기'였다. 아기들이 유치원에 들어가서 처음으로 했던 학부모 상담에서 받았던 지적도 '아이가 양보를 너무 많이 해요. 마음에 가득 차서 나눠주는 것은 양보이지만 차지 않은 마음에서 나눠주는 것은 빼앗기는 거예요.'였다. 그 배에 타 있는 나의 아기들을 생각해 봤다. 우리 아기들은 나의 가르침을 되새기며 자신보다 약하고 작은 친구들에게 출구를 양보했을 것이다. 친구들이 밟고 올라갈 수 있도록 어깨를 대주었을 것이다. 백 번을 다시 생각해 봐도 그랬을 것이고, 그때부터 나는 이 일이 내 일이 아닐 수 없게 되었다. 종달새들. 우리는 모두 각자에게 소중한, 부르는 것만으로도 닳을까 아까운 종달새들이, 있다.

김인정 기자의 『고통 구경하는 사회』를 읽고 종달새는 다시 내내 나의 귓가에서 지저귄다. 이름을 갖지도 못한 채 잊히는 고통과 혐오가 되는 아픔과 그것을 구경하는 눈들, 그리고 완벽하게 자유롭지 못한 나.

"오빠, 믿음 말이야. 내가 지키면 다른 사람들도 반드시 지켜 줄 것이라는 믿음, 우리 사회에 그런 믿음이 결여된 것이 문제

아닐까? 내가 지켜도 남들이 안 지킬 테니 지킬 필요가 없어, 같이 팽배한 염세주의 말이야." 하는 나의 말에 신랑은 답한다.

"실망할 준비. 우리에게 필요한 건, 언제든지 실망할 준비야. 나는 지켰지만, 저 사람은 안 지킬 거야. 그래, 난 또 실망하겠지. 잘 알아. 하지만, 그럼에도 불구하고 해야 할 일은 해야 하는 거지. 왜? 그게 내가 해야 할 일이니까. 아주 간단해."

'언제든지 실망할 준비'라는 멋진 갑옷을 입고 구경이 아닌 응시를 할 채비를 한다. 담담하고 성실하게. 이것은 종달새를 위한 일이자, 종달새를 품는 품으로서 내내 떳떳하고 싶은, 나를 위한 일이다.

달리기 예찬

월초는 새 마음을 먹고 싶게 만들고, 새 마음은 줄곧 운동에 가 닿는다. 연초는 새 삶을 꿈꾸게 만들고, 새 삶은 속절없이 건강에 가 닿는다. 1월. 주어진 하루를 수습하며 살기에도 여력이 없었던 대부분의 미생이 새로운 마음으로 새로운 삶을 꿈꾸고 싶어지는 달. 다시 말하면 일 년 중 몇 안 되게 피트니스 센터가 붐비는 달이자, 피트니스 센터에서 달리기 하는 즐거움으로 회사에 다니는 나에게는 절망을 안겨주는 달이다.

2024년이 시작되고 매일 점심시간, 사내 피트니스 센터의 각종 유산소 운동 기구가 만석이었다. 기구 앞에서 낙담하며 애꿎은 덤벨만 만지작거리다가 나라를 잃은 듯한 축 처진 어깨로 업무에 복귀하곤 했다. 그런데 요 며칠 운이 좋게 기구에서 내려오는 분과 타이밍이 잘 맞아떨어졌다. 마치 내가 오길 기다렸다가 자리를 비워주시는 듯한, 실로 예술적인 타이밍이었다. 1월 1

일에 뽑은 (꽝 없는) 포춘쿠키가 말한 대로 '올해 원하는 일은 무엇이든 이루어질 것이다.'라는 예언이 바로 이것을 말한 것이었구나! 쾌재를 불렀다.

어제는 무릎 컨디션이 좋지 않아 달리지 않기로 마음을 먹고 트레드밀 옆을 스쳐 지나갔는데, 한 분이 막 자리에서 내려오셔서 내 앞으로 달려오시더니 "여기서 하세요."라고 말씀을 하시는 것이다. 그러고 보니 어제도, 그제도, 이분이 내려온 기구에 내가 올라갔던 것 같다는 생각이 불현듯 들어

"어머, 아니에요! 하세요. 저 괜찮아요!"라고 손사래를 쳤는데.

"아니에요. 박수진 님이 하셔야죠. 박수진 님은 진. 짜. 로 뛰는 사람이잖아요."

라고 말씀하시고는 유유히 사라지셨다.

진짜로 뛰는 사람. 정말이지 엄청나게 명예로운 호칭이다. 내 몫이 아니기에 부끄러웠고, 잠시 내 몫인 것처럼 염치없이 기뻤다.

다른 운동들도 재미있지만, 여전히 달리는 것이 제일 즐겁다.

숨이 극도로 차오르면 몸속의 모든 기관들이 감각되기 시작한다. 평소에는 존재를 잊고 지내던 고마운 나의 것들. 심장, 폐, 식도, 목울대, 복사근, 정강이, 목뼈, 침샘, 심지어 귓바퀴까지. 아, 너희들 거기서 그렇게 애쓰고 있었구나, 하며 경의를 표하고 내 안의 '나의 것'들에게 조금 더 부지런해지고 싶어진다.

달리며 행복해지는 순간을 하나 꼽자면 클래식을 들으며 막판 스퍼트를 달리는 때다. 전혀 어울릴 것 같지 않은 클래식 음악을 달릴 때 듣는 이유는 단순하다. 곡이 길기 때문이다. 요즘 대중가요 한 곡의 길이는 길어도 5분이 넘지 않지만, 클래식의 교향곡은 보통 한 악장에 15분에서 20분 정도 소요된다. 60분을 달리려면 가요로는 15곡은 들어야 하지만, 클래식은 4악장으로 이루어진 1곡의 교향곡만으로도 충분하니 몹시도 경제적인 것이다!

달리기 마지막 15분에는 내가 알고 있는 곡 중에서 가장 웅장한 교향곡을 선곡하여 듣는다. 정말 너무너무 힘이 들어서 트레드밀 스피커 구멍의 개수 따위를 세며 내가 이 짓을 하고 있는 근본적인 이유가 무엇이었는지 유래를 찾아 헤매고 있을 때쯤이면 그 곡의 클라이맥스가 흘러나오는데, 마치 그때는 내가 만주벌판을 달리는 광개토대왕이 된 것만 같아 감격하곤 한다. 웃기게도 나를 믿고 싶어진다. 내가 무엇이든 다 해줄 것만 같다.

　나에게 달리기란.

　왜 그런 날이 있지 않은가. 내가 봐도 나 자신이 몹시 별로라고 느껴지는 그런 날 말이다. 내 편이라 철석같이 믿었던 브로콜리 그 친구마저도 나의 뒤통수에 한숨을 퍼부을 것만 같은 그런 날. 탓할 자를 찾고 싶어 아무리 두리번거려도 결국 그 손가락은 나에게 돌아오는 한심한 날 말이다. 그런 타박의 순간에 아주 미약하게나마 '나 자신 까방권(까임 방지권)'을 선물 받은 기분이랄까.

　'어이, 이것 봐 나 자신. 몇 달 동안 하루도 빠지지 않고 매일 최선을 다해 수고롭게 숨차하며 지냈으면 이 정도는 그냥 한번 넘어가 줄 수 있지 않냐! 인정?'
　'응. 뭐. 인정.'

　앞으로도 나만의 만주벌판을 꾸준히 달려서 내 안에 갇혀 있던 새로운 세상들을 부단히 정복하여, 우리 아가들이 아가를 낳아 그 아가들이 성인이 되면 나의 만주벌판에 초대해야지. 함께 만주벌판을 달리고, 맛있는 음식을 먹고, 아주 맛있는 와인을 마음껏 마실 거다. 모든 유희에는 승부가 따라오는 법이고, 연장자 우대는 내 사전에 없을 테지만, 어떤 승부든지 승자는 틀림없이 '할머니인 나'일 것이다.

아직 갈 길은 한참 멀었지만 갈 수 있는 먼 길이 남아 있어서 오늘도 즐겁다.

올 한해는 할 수 있다고 생각하든 없다고 생각하든 당신이
생각하는 대로될 거예요. 물론 할 수 있을겁니다 ♥

황희 정승도 제멋이 있지

평소에는 존재를 잊고 지내던 고마운 나의 것들.
심장, 폐, 식도, 목울대, 복사근, 정강이, 목뼈, 침샘, 심지어 귓바퀴까지,
아, 너희들 거기서 그렇게 애쓰고 있었구나 하며 경의를 표하고
내 안의 '나의 것'들에게 조금 더 부지런해지고 싶어진다.

2023년이 시작될 무렵 신랑이 키보드 달린 아이패드를 선물했습니다. 정말로 필요가 없으니 당장 반품하라는 나의 말에 신랑은 제법 단호한 표정으로 글을 쓰라고 말했습니다. 그의 말에 배꼽을 잡고 웃었어요. 글을 내가 왜 써, 웃겨 정말, 하며. 그리고 얼마 후, 친구 W에게 작은 협탁을 선물로 받았습니다. '네가 글을 쓸 수 있는 책상을 선물하고 싶었는데 여의찮아 지금은 이것으로 대신해.'라는 편지와 함께였어요. 웃었습니다. 내가 글을 어떻게 쓴다고. 웃긴 친구야 정말, 했지요.

그리고 봄의 어느 날, 오랜만에 만난 어린 시절 친구에게 "나는 네가 작가가 되어 있을 줄 알았지."라는 이야기를 듣고 왜인지 더는 웃지 못했습니다. 이상한 2023년의 시작이었습니다.

온라인 글쓰기 플랫폼인 '브런치 스토리'에 글을 쓰기 시작했습니다. 아, '브런치 스토리'에 글을 올리려면 작가 신청을 해서 합격을 받아야 하는데요, 두 번을 떨어졌습니다. 탈락 통보 안에 들어 있는 피드백에는 '당신의 평범한 일상을 궁금해하는 이는 아무도 없다.'라고 적혀 있었습니다. 물론 자동 답신 메일이었겠지만 갈 길을 잃은 것 같았습니다. 저는 일상이 전부이며 그것을 제외하고는 아무런 부피도 무게도 가지지 못한 납작한 인간이기 때문입니다.

사실 저는 조금 웃기고 싶은 욕심을 마음 한구석에 품고 삽니다. 출근길, 어쩐지 조금 웃기고 싶은 마음에 짧게 끄적인 몇 개의 문장이 시작이었습니다. 짧은 문장에 몇몇 분들이 소리 내어 웃어주셨고 그 웃음이 저를 시작하게 했습니다.

식당에서 식사를 마치고 나오면 계산대 위에 무심히 올려져 있는 '자두 맛 사탕'을 보신 적이 있으실 겁니다. 누구나 공짜로 먹을 수 있고 공짜로 줘도 먹지 않을 수 있으며 먹어도 영양가는 없는, 하지만 어쩐지 하나쯤은 주머니 속에 지니고 와 입이 심심할 때 까먹고 적당히 달아하며 시간과 입맛을 때우는 심심풀이의 그것 말이에요.

제가 연재를 시작할 때 목표하던 바가 바로 그 자두 맛 사탕이었습니다. 저에게 주어진 기대는 자두 맛 사탕의 그것과 다르지 않을 것이라 다짐했고, 그러고 싶었는데 말이지요. 우습게도 점점 의미가 있고 싶어졌습니다. 누군가의 삶에 슬쩍 포개어지고 싶어졌어요. 예상치 못해 당황스러웠습니다.

이 글의 초고를 강원도 평창의 '이효석 문학관' 안의 카페에서 이효석의 생가를 바라보며 썼습니다. 백 개의 글을 연재하게 되면 투고를 할 거야, 장난스레 내뱉은 씨앗은 생각보다 건강하고 굳셌습니다. 매일 하나씩 백 개의 글을 정말로 쓰게 될지, 그 마지막 글을 한겨울 눈이 잔뜩 내린 이효석 생가 앞에서 쓰게 될지, 작년의 나에겐 상상할 수 없는 일이었어요. 하지만 상상할 수 없었던 일들은 때론 너무나도 자연스럽게 벌어져서 원래의 내 것 같습니다. 꼭 원래부터 이렇게 될 일이었던 것 같은 그런 느낌이에요.

신랑에게 "오빠, 나 정말로 백 개를 다 썼어. 이제 나 어떻게 하지?"라고 말했더니 우리 신랑은 늘 그렇듯 아주 인자하고 덕망 높은 말투로 대답했습니다.
"어떻게 하긴. 이제부터 진짜 시작이지."

황희 정승도 제멋이 있지

앞으로의 제 글의 의미는 바로 이 시작에서 찾아보려고 합니다.

읽히고 싶은 마음과 부끄러워 읽히기 싫은 마음이 뒤엉킵니다.

어이, 거기 자두 맛 사탕, 몸에 좋은 홍삼 젤리가 되고 싶은 거야 설마?

아니, 천만에. 나는 끝까지 영양빵점의 자두 맛 사탕이고 싶은 거야. 끝까지 심심풀이의 그것 말이야. 주머니에 가끔 하나씩 넣어지고 싶은 그것 말이야.

저의 첫 책을 읽어 주셔서 진심으로 감사합니다.

바람이 있다면 서슴지 않게 웃고 예기치 않게 눈물이 나는 글을 다시 쓰고 싶습니다.

오페라나 연극에서 본 공연이 시작되기 전에 막이 내려진 상태로 오케스트라가 연주하는 곡을 '서곡'이라고 합니다. 서곡은 앞으로 전개될 음악의 도입이면서도 암시 같은 것이어서 제일 앞부분에 연주됨에도 불구하고 모든 곡이 완성된 후 제일 마지막에 만들어지는 곡이기도 합니다. 하여, 작곡가 라벨의 제자 롤랑 마누엘은 서곡을 '이미 이루어진 일들에 대한 예언'이라고 표현하기도 했습니다.

마지막 문장을 앞으로의 저를 위한 서곡으로 남기며 글을 마무리하려 합니다.

그리고 박수진은 작가가, 되었다.